Ralf Bönt
Icks

SERIE PIPER

Zu diesem Buch

Von Berlin ans Ende der Welt: Ralf Bönts junger Held Icks reist zurück in seine Heimat, ein tristes ostwestfälisches Kaff. Seit fast zehn Jahren hat er sich dort nicht mehr blikken lassen, und geplant war auch nur eine unverbindliche Stippvisite. Aber schon auf dem Bahnhofsplatz ist Icks mittendrin in seiner Vergangenheit, verfolgen ihn die Erinnerungen an seine erste Liebe, an die monströse Skulptur vor der Kunsthalle und den nicht gegebenen Elfmeter damals. Am Ende seines Besuchs wartet das Treffen mit den Eltern, dessen Ausgang ihm schon Stunden vorher gespenstisch deutlich vor Augen gestanden hat. In einem rasanten Monolog und mit virtuosen erzählerischen Mitteln stellt uns Ralf Bönt den gepeinigten Icks vor. Und in dessen atemloser Rhapsodie über Jimi Hendrix, Konrad Adenauer, Gott und die Welt finden sich die Ideale und zerstörten Illusionen einer ganzen Generation wieder. »Icks« ist ein furioser Roman über das Erwachsenwerden und zugleich eine lakonische Abrechnung mit der deutschen Provinz.

Ralf Bönt, geboren 1963, lebt in Berlin und Bielefeld. Nach Kfz-Lehre, Studium und Promotion in Theoretischer Physik entschied er sich gegen eine wissenschaftliche Karriere und arbeitet seit 1994 als freier Schriftsteller. »Icks« ist sein erster Roman. 2000 erschien sein zweiter Roman »Gold«.

Ralf Bönt
Icks

Roman

Piper München Zürich

Ungekürzte Taschenbuchausgabe
Februar 2001

Umschlag: Büro Hamburg
Stefanie Oberbeck, Katrin Hoffmann
Umschlagabbildung: Ryan & S. Beyer / Tony Stone
Foto Umschlagrückseite: Isolde Ohlbaum
Satz: Ralf Bönt
Druck und Bindung: Clausen & Bosse, Leck
Printed in Germany ISBN 3-492-23244-2

für Jochen

[31. August 1996.] – Ich machte einen Schritt aus der Bahnhofshalle heraus auf den Vorplatz, auf den Bahnhofsplatz, das war der erste Schritt in diese Stadt seit fast zehn Jahren, und ich war jetzt, das will ich so sagen, überglücklich: Mit dieser Stadt war ich fertig, zu Ende die Geschichte mit ihr, meine Geschichten mit ihr, oder in ihr – die Affären, samt der verdrehten Verlogenheit –, komplett fertig war ich damit schon bei der Ankunft, und da habe ich von Holtkämpers albernem Abgang, um das nur zum Beispiel zu nehmen, noch gar nichts gewußt, dieser Name war mir nicht mal geläufig, das heißt: nicht mehr geläufig, schon lange nicht mehr, seit der Kindheit eigentlich nicht mehr, das kann ich dir ernsthaft beteuern, daß ich komplett abgeschlossen hatte schon bei der Ankunft, das war ein ganz reiner und klarer Gedanke, auf dem Platz vor dem Bahnhof, oder eine ganz reine und klare Empfin-

dung, so was kann eh kein Mensch unterscheiden. Also ich jedenfalls nicht.
Mein Leben lang habe ich auch immer nur dieses eine Problem gehabt, wirklich: einen klaren Gedanken zu fassen! Es gelingt mir nicht. Obwohl ich zum Beispiel ordentlich studiert, sogar ausstudiert habe, ein Diplom haben sie mir dafür gegeben, und: ja, einen zweiten Titel habe ich auch noch, obendrauf, sozusagen als Krönung vermutlich: Doktor rer. nat. – sieh mal an, könnte man sagen, das bin ich, das soll ich wenigstens sein, jetzt und hier, das heißt wahrscheinlich vorübergehend, zumindest, das weiß ich auch nicht so richtig. Jedenfalls könnte man meinen, das sollte genügen, also der Titel, so ein Titel sollte genügen, an Voraussetzung jetzt, meine ich, um einmal einen klaren Gedanken zu haben, zum Beispiel, oder auch öfters mal einen, warum eigentlich nicht, auch wenn das naiv klingt, nur ich statt dessen, seit 33 Jahren laufe ich durchs Leben oder halt – eben gerade nicht durchs Leben, sondern diesem Gedanken hinterher, der irgendwie klar sein sollte, klärend. Oder einem entsprechenden Gefühl. Was eben, so vermute ich, dasselbe ist oder wenigstens auf dasselbe hinläuft, also hinlaufen würde, aber passieren tut nichts, all die Jahre passierte einfach *nichts*,

wirklich, so schlicht wie das Wort, so sagt es jedenfalls meine Erinnerung, die ja schließlich auch irgendwoher kommen muß, notgedrungen, während ich also tatsächlich jetzt auf die 40 gehe, wegen der 33, dieser dusseligen 33, kannst du das glauben, und mit 40 ist man nun todsicher ein Mann: entweder ein halbwegs aufrecht gehender, halbwegs melierter, einigermaßen tragbarer, lustiger Mann, ab und zu mit so einem angenehmen, vielleicht sogar lächelnden *Ja* auf den Lippen, ab und zu auch mal mit jemandem im Clinch liegend und so weiter, finde ich, gerade mit dem besten Freund zum Beispiel zerstritten, oder mit der besten Freundin, oder der besten Freundin der Frau, was weiß ich, am allerbesten ist man wahrscheinlich noch ein auffahrender, jähzorniger Mann, mit 40, mit Kopfschmerzen am Morgen, was, und dem Bewußtsein, weniger rauchen und trinken und um so mehr schlafen oder irgendwie ausspannen zu müssen und sowieso ruhiger oder wie auch immer ausgeglichener zu sein. So einer ist man, wenn man Glück hat, mit 40 vielleicht, oder aber geschlagen.

Andere Möglichkeiten kommen für mich nicht in Betracht, und das hat vielleicht mit meiner Arbeitslosigkeit zu tun, auch wenn die fast selbst gewählt ist.

Obwohl früher, da habe ich mich auch schon als erfolgreichen Mann betrachtet, eine Zeitlang, also als erfolgreichen jungen Mann, wirklich, mit der Zukunft, dem richtigen Erfolg noch vor mir, für ein paar Jahre, als ich noch dort gelebt habe, mit wehenden Haaren sozusagen, damals in der Heimatstadt, so muß ich sie ja wohl nennen – ja, das schon: erfolgreich! Das war ziemlich bequem und verselbständigte sich auch, das Bild des erfolgreichen jungen Mannes, wie ich es von mir hatte, ich meine, es reproduzierte sich offenbar irgendwie immer und ständig, auf seine Weise. Aber das hörte dann auch auf, als ich die Stadt endgültig verlassen wollte. Kokett habe ich bei Vorstellungsgesprächen, als ich mich, wie man so sagt, wegbewarb, in Köln, München, Hamburg, und was weiß ich, wo ich noch überall war, in Tübingen zum Beispiel, und da nach meinem Geburtsort und damit ja überhaupt gleich irgendwie nach der ganzen Biografie gefragt wurde, wer ich überhaupt sei und so weiter, und ich hörte auch immer die Frage heraus: was ich denn glaubte, warum ich so eine Stelle haben wollte, um die es ja ging in diesen Gesprächen, das heißt also: was mich wohl berechtigen könnte, ja, klar: was mich wohl *berechtigte* anzunehmen, *ich*, ausgerechnet *ich* wäre es, der diese Stelle verdient hätte, verdient haben könnte, und wofür wohl, und diese Antwort schon ganz schuldig wäre *ich*, ausgerechnet *ich* es darüber hinaus sogar noch, der sie selbstverständlich auch ausfüllen könnte, die Stelle, sich nützlich machen könnte ohne jeden weiteren Kommentar, das heißt von sich selbst also absehen könnte dabei, und ich fand diese Frage – nach dem Geburtsort und den biografischen Einzelheiten – natürlich vollkommen berechtigt und habe also immer erst mal gesagt, ich sei woanders geboren worden und dorthin verfrachtet worden, in diese sogenannte Heimatstadt verfrachtet worden, bevor ich Bewußtsein erlangt hätte. Ich sage kokett, weil die Gegenfrage dann klarerweise nicht zu vermeiden war: Und jetzt haben Sie es erlangt? Man lachte. Und meine Antwort war auch immer dieselbe: Es geht so. Man lachte wieder, und das schliff sich ein bei diesen Vorstellungsgesprächen bei all diesen Professoren und so weiter – ja, einmal war ich auch in einem Industriebetrieb, genau: wo ich dann Motoren entwickelt hätte – und mein Gegenüber hätte natürlich immer mein Vater sein können, was das Alter angeht.

Ich mußte mich vor denen also verkaufen, wie nie vorher in dem Chaos, das sich als mein Leben ausgab, dem eigentlich nicht wirklich ertragbaren

Chaos, diesen durch jemand Unbekannten, mir jedenfalls Unbekannten nur reichlich wahllos, also lieblos aneinandergereihten Zufällen, die sich unverschämterweise als mein Leben ausgaben, ein Dickicht, das jetzt umgekehrt ich als eine selbstverständlich wohlüberlegte und ebenso kontrollierte wie übersichtliche Ordnung ausgeben mußte, mit den nicht einmal 30, die ich da war. Es schliff sich jedenfalls ein mit dem beidseitigen Lachen, das mir eher wie ein allseitiges Lachen vorkam, weil es so auf mich einfiel, oder herunterfiel, beziehungsweise: herunterpurzelte, wie eine Ladung Bauklötze, so fand ich, und funktionierte. Das Lachen funktionierte damit besser als ich, der ich weg wollte, verschwinden wollte und doch wieder nicht, oder nicht wußte, weshalb oder wohin eigentlich, der ich die Stadt, in der ich aufgewachsen war und was weiß ich noch alles andere mögliche und, um ganz ehrlich zu sein, auch Unmögliche erledigt hatte, der ich sie also eigentlich, wie man so schön sagt: fliehen wollte, diese Stätte sozusagen, oder gar mußte – derart theatralisch war es ja wirklich –, da funktionierte das, der Spruch mit dem Bewußtsein, besser als ich, der ich natürlich nicht funktionierte, weil ich eben erstens noch nie richtig funktioniert habe – zumindest angeblich nicht – und dann außerdem angesichts dieser Lügen, die ich jetzt aus dem Nichts erfinden mußte, das an der Stelle war, wo eigentlich meine Jugend und so weiter, ja, genau: meine Biografie hätte sein sollen, erst gar nicht funktionieren konnte, und selbstredend wollte ich es auch gar nicht, weil ich ja nämlich sowieso, wirklich, eigentlich seit ich denken kann, und vermutlich sogar auch davor und wahrscheinlich sogar immer schon neben mir stand, das heißt immer schon so ein dumpfes Gefühl mit mir herumgetragen habe, oder in mir, daß das noch nicht alles sein konnte, daß da noch etwas fehlte, etwas Wesentliches oder auch etwas anderes, ebenso Wesentliches einfach zuviel war und störte, brutal störte, das heißt zerstörte, immer und fortwährend kaputt machte, das heißt immer und zuverlässig alles wegnahm und nur eben jetzt, dieses eine einzige Mal nicht, auf dem Bahnhofsplatz, das war eine Ausnahme, nach fast zehn Jahren, oder dem Bahnhofsvorplatz, falls er so heißt, eine Ausnahme, wenn nicht die alles bedeutende, erste und letzte, die einzige, einsame Ausnahme. – Gott! Die Leineweberstadt, habe ich gedacht, Ostwestfalenmetropole: mein Gott! – Was? Nee ... den richtigen Namen sage ich dir lieber nicht, weil du dann gelangweilt bist und weghörst, nur wegen dieser Äußerlichkeit. Und vielleicht würde ich dich sogar verstehen! Und dann wär's vorbei mit unserer hübschen Eintracht hier, und so verheimlicht ist es vielleicht auch ein bißchen exotisch, mit ein bißchen Glück, so ein bißchen betrügen muß man halt schon, wobei weglassen mit Betrug jetzt eigentlich gar nichts zu tun hat. Es ist eher bloß so ein Hang von mir, oder fast ist es ein Zwang, hab ich den Eindruck, der mich hier schon wieder einholt, der Zwang zur Vollständigkeit, zur Geschlossenheit, zur Ganzheit, um es so zu sagen, zu einer Art Ganzheit wenigstens, was immer das auch sein soll, oder kann, dieses bekloppte Modewort, eine Art Überblick vielleicht, und dieser Hang ist dann noch nicht einmal zu befriedigen: Je mehr ich ihm nachgebe, desto stärker wird er. Das ist ja das eigentlich Schlimme, deshalb muß ich immer schon selbst dagegen an, von vornherein gegen ihn sein, gegen diesen Hang oder Zwang, wirklich, das ist ganz schön anstrengend. Und wenn du ihn doch rauskriegst, also den Namen jetzt, wenn du ihn selber rauskriegen solltest, falls dir das überhaupt wichtig ist, dann hast du ein Erfolgserlebnis, falls dir das nicht vollkommen zu Recht vollkommen egal ist, und dann würde das deine Aufmerksamkeit jedenfalls nur steigern. – Ja, lach nur! Außerdem ist er für die Geschichte

komplett unwichtig, der Name, sie hätte auch woanders stattfinden können, sogar in einer großen Stadt wäre es nicht wirklich anders gewesen! – Wirklich! Ich schwör's dir!
[Icks macht eine unterstreichende Geste, er nickt zum Beispiel nachdrücklich. Ich grinse ihn offenbar an, so daß er fortfährt:] Fast zehn Jahre waren also vergangen, dabei wollte ich schon ungefähr zwei Jahre früher kommen, als mein Vater einmal Geburtstag hatte und ich zufällig in der Nähe war. Abgesehen davon, daß ich auch kommen *sollte*, und zwar dringend, das sollte ich eigentlich immer – es stand immer der Vorwurf im Raum, ich käme ja nie –, aber dann sagte meine Mutter, ich solle bloß meine Arbeitslosigkeit nicht erwähnen. Mindestens sollte ich sie dann nicht erwähnen, wenn die Nachbarn zufällig gleichzeitig da wären. Nicht daß mich das gekränkt hätte, wie sie das am Telefon gesagt hat. Es hat mich auch nicht gewundert, und in keiner Weise habe ich das meiner Mutter übelgenommen, ich glaube, ich bin nicht mal auf die Idee gekommen, ihr das übelzunehmen. Ich bin wahrscheinlich mal wieder auf überhaupt keine Idee gekommen, wie eben meistens, wenn ich anfange zu denken, also nachzudenken oder nachzugrübeln, wie man es in einer derart verregneten Gegend wie Ostwestfalen

tut und dann auch lange weiter noch tut, auch wenn man längst in einer sonnigen Stadt oder doch wenigstens einer sonnigeren Stadt leben sollte: Ich denke immer alles gleichzeitig, wirklich, und komme durcheinander mit sich widersprechenden Argumenten, die ich noch gleichzeitiger denke, so kommt es mir vor, als diejenigen, die miteinander gar nichts zu tun haben. – Ja, das stimmt, daß irgendwie alles miteinander zu tun hat, da hast du recht. Unterschiede gibt es aber auch da, das steht außer Frage. – Jedenfalls bringe ich dann nichts, aber gar nichts zustande, geschweige denn ein Wort heraus, falls ich nicht auch sowieso noch allein sein sollte mit dem Elend dieser Nachdenkerei, dieses Stocherns im Denken, und deswegen habe ich wahrscheinlich auch so leicht diese vollkommen unkontrollierten Wutausbrüche, oder vielmehr habe ich sie gehabt, als Kind, vielleicht kennst du das: reine Hilflosigkeit! Früher nämlich, als Kind, oder mehr als Jugendlicher noch, habe ich da immer mit der Faust auf den Tisch geschlagen, wenn es soweit war, und laut und deutlich gesagt, es kotze mich an. Das war sicher ein Gefühl, und es war auch ein Gedanke, denn ich sprach ihn ja aus, und da fällt mir auf, daß ich also schon öfter einen klaren Gedanken gehabt haben muß, siehe da: Ich habe ja gesagt, daß ich mir selbst widerspreche, sobald ich den Mund aufmache! Ist es nicht grausam? Ja: Fast könnte man sich da gegen sich selbst wenden und sagen, daß jetzt das einen ankotzt, ja, zum Kotzen, tatsächlich, was kann ich dafür. Jedenfalls hatte das damals immer gezogen, diese Geste, mit der Faust auf den Tisch zu schlagen, meine ich, und einfach und deutlich zu sagen: *Es kotzt mich an.* Daß es überzeugt hat, will ich nicht behaupten, aber ich hatte offenbar das Recht, vom Tisch aufzustehen und wegzugehen, wenn es mir reichte. Wenigstens habe ich mir dieses Recht genommen, und es konnte niemand dagegen an. Und später, nachdem sich das eingeschliffen hatte, versuchte – ja, stimmt: ganz ähnlich eingeschliffen hatte wie dieser Quatsch mit dem Bewußtsein bei den Vorstellungsgesprächen – da versuchte mein Vater immer, und dann immer öfter, das vorher zu umgehen, mir sozusagen den Wind aus den Segeln zu nehmen, und zitierte mich immer schon vor, wenn sich die haltlose und unsinnige Diskussion zuzuspitzen begann, die sich um etwas drehte, um irgend etwas, nur nicht um das Ausgesprochene, also nicht um das, was wir uns da sagten, rein phonetisch jetzt, oder wie auch immer man das fassen soll. Jedenfalls drehte sie sich nicht um das, was wir uns direkt zu sagen trauten, wenn sich das zuspitzte also, und jeder von uns genau merkte, daß etwas nicht stimmte, und die Situation langsam hochkochte wie unterschätzte Milch auf dem E-Herd: das heißt, wenn es auf diesen Punkt langsam zulief, wo eine teuflisch gespannte Ruhe da ist, eine scheußliche Ruhe, obwohl alle gleichzeitig reden eigentlich und eben trotzdem gar nichts passiert und gleich aber fast ansatzlos alles auf einmal hochschäumen würde und dennoch keiner von uns es wagte, das Eigentliche auszusprechen, wenn auch vielleicht nur, weil keiner wußte, was das Eigentliche war, so daß es eh niemals zur Sprache kam. Es ging wahrscheinlich meistens um eine Arbeitsverteilung im Haushalt oder um irgendwelchen Dreck, den wir Kinder gemacht hatten, oder irgendwelche umständlichen Geräusche, glaube ich, die wir als Jugendliche in unseren Zimmern und im Haus verursachten, ich weiß es wirklich nicht mehr. Mein Vater sagte dann jedenfalls, wenn wir zusammensaßen, wie zu Gericht, habe ich immer gedacht, da sagte er, das kotzt dich jetzt wahrscheinlich wieder an, wie du ja immer so schön sagst, und er meinte das natürlich nicht anerkennend oder wollte es nicht anerkennend meinen, sondern wollte es abwerten als kindisch, ja, als: pubertär abstempeln, aber es half nichts, er wertete es damit eher auf, denn er zeigte ja seine Angst davor, und es dauerte von da meistens nicht mehr lange, daß es mich wieder überfiel, dieses eindeutige Gefühl, und daß ich sagte, es kotze mich an. Dann stand ich vom Tisch auf und ging. – Aber pubertär: Ein bißchen war es das schon, oder? Ich bin ja heute gelassener, wie gesagt 33, diese komischen 33, und spätestens mit 40 wird man ein Mann sein, einer zu sein haben, werde ich also ein Mann zu sein haben, halbwegs aufrecht oder mir selbst peinlich, an gelinde gesagt jugendlichen Erwartungen gescheitert, aber trotzdem glaube ich die Erfahrung – was? ja, lach nur! – die Erfahrung gemacht zu haben, daß immer genau solche Leute andere als pubertär bezeichnen, die selbst große Angst haben, so zu sein, nämlich kindisch und rebellisch, mit unkontrollierten Wutausbrüchen und so weiter zum Beispiel, sich ab und zu also durchaus daneben benehmend, wenn auch mit gutem Grund vielleicht, oder beziehungsweise wie ich auch gern sage: die Leute, die Angst haben, einfach eigenartig oder einseitig und entschieden oder so etwas zu sein. Das heißt, die Leute, die niemals einem ihrer dunklen oder hellen Gefühle nachgegeben haben, die mit der Zeit immer stärker und bedrohlicher werden, gerade dann,

wenn man ihnen *nicht* nachgibt, wirklich, also die Leute, finde ich, die vor sich selbst Angst haben und nichts weniger, die Leute, die witzigerweise oder tatsächlich ja vielmehr: ganz witz*loser*weise selber um alles in der Welt nicht erwachsen werden wollen. Und lieber ohne eigenen Drang und ohne unkontrollierte Wutausbrüche durchs Leben schlittern. Oder im Leben hocken, eigentlich, was weiß ich, was die unter Leben verstehen!
Vielleicht ist es auch so eher normal, mit diesem Weglaufen immer, keine Ahnung, oder zumindest verständlicher, ich jedenfalls habe als Kind an denen zweifellos auch wirklich gelitten, an diesen dunklen Ahnungen und hellsichtigen Befürchtungen, glaube ich, an der Wahrheit also, wenn man es ganz grotesk und fürchterlich pathetisch ausdrücken will, und auch richtig bezahlt. Was sich nämlich am Tisch zu Hause zufälligerweise als machbar entwickelt hatte, konnte woanders durchaus nach hinten losgehen, wenn ich die Kurve zum unkontrollierten Wutausbruch nicht kriegte aus irgendwelchen Gründen, wenn ich nicht auf den Tisch schlug und sagte, es kotze mich an, oder auch einen irgendwie unkontrollierten und doch richtigen Wortschwall auf die anderen losließ. Das passierte beim Fußball zum Beispiel, wenn ich – genau: wo sonst als beim Fußball –, wenn ich oder

auch jemand anders böse gefoult worden war und die Sache nicht geahndet wurde. Da konnte ich losheulen vor Wut, wegen der himmelschreienden Ungerechtigkeit, die noch irgendwie zu erklären mir absolut albern vorgekommen wäre. Eine von diesen ganz dramatischen Szenen habe ich zum Beispiel noch ganz genau vor mir bis in die letzten Details: Ich hatte mich durchgespielt, als Linksaußen, hatte meinen Verteidiger ausgespielt, und gerade in der Drehung nach meiner Täuschung war ich in den Strafraum gekommen. Ich wußte genau, daß der Torwart noch nicht heraus war und niemand sonst noch zwischen uns war und ich noch genug Zeit hatte für eine überlegte Aktion. Ich machte also einen Schritt, brachte den Ball und meinen Körper unter Kontrolle, machte einen zweiten Schritt, was, und will hochsehen und den Schuß ansetzen, ich hatte mich schon entschieden, normal auszuholen und dann aber so unter den Ball zu treten, daß er sich mit einer starken Eigendrehung entgegen der Flugrichtung über den Torwart hebt und dann sozusagen lässig ins Tor fällt, hinter ihm, der jetzt gut fünf, sechs Schritte von mir weg sein mußte, ich hatte also meinen Gegenspieler ausgespielt, das kam schon selten genug vor, und will also gerade aufsehen für den Schuß, für einen Schuß, wie ich ihn, seit ich laufen kann, immer geträumt habe, und jetzt, vor ein paar Tagen erst, war so ein Tor tatsächlich im Fernsehen – das hat mich sofort wieder an die Geschichte erinnert –, ich will also aufsehen, und in dem Moment werden mir von hinten buchstäblich, wie man das ja so sagt, mit der Sense die Beine weggezogen. Ich fand mich mit dem Gesicht in der Asche wieder, eher normal, aber der Pfiff? Er kam nicht. Er blieb einfach aus! Ich konnte das schlichtweg nicht glauben, mein Schädel versagte ganz simpel vor der Tatsache, daß nicht abgepfiffen wurde, daß es keinen Elfmeter gab und mein Verteidiger den Ball ruhig auf die andere Seite spielen konnte, von wo sie ihren Angriff aufbauen würden. Ich sah also zu, und in meinem Kopf war die Möglichkeit, daß es einfach so geschehen konnte, ohne daß jemand einschritt, die Möglichkeit für das, was ich sah, war in meinem Denkprogramm sozusagen nicht vorhanden. Ich hatte an der Stelle nichts zum Abrufen, hatte ich das klare Gefühl, und auch als ich schon viel zu alt war für so was, gab es die Tränen oder peinliches Schlucken und Schweigen an der Stelle noch, wenn ich plattweg nicht nachvollziehen konnte, daß etwas grundsätzlich Falsches, etwas einfach bloß Falsches einfach bloß so geschehen war. Und das war nichts anderes als eine Niederlage, zumal niemand sonst sich aufregen mochte, wenn auch vielleicht nur wegen der Heulerei nicht. Und eine Niederlage war es selbst noch, als ich doch einmal wieder Worte prasseln lassen konnte, zufällig vielleicht und nur aus der Situation heraus, als ich einmal einen unkontrollierten Platzregen auf unsere Klassenlehrerin niedergehen ließ, wegen der Versetzung beziehungsweise der anstehenden Nichtversetzung einer Mitschülerin, die vollkommen unverschuldet in Ungnade gefallen war bei der vollkommen beschränkten und genauso vollkommen überforderten Lehrerin. Absolut rückhaltlos habe ich mich aufgeregt, wegen der Willkür und auch weil alle in der Klasse oder doch wenigstens fast alle dieser Meinung waren – zumindest alle, die in der Pause sich dazu geäußert hatten, waren der Meinung, daß diese Mitschülerin, ich weiß ihren Namen gar nicht mehr, daß sie nichts dafür konnte, daß es, kurz gesagt: eine klassische Ungerechtigkeit war, woher auch immer man die Gewißheit für dieses gefährliche Wort damals nahm. Und so halt, weil niemand in der Stunde etwas sagte, obwohl wir das in der Pause abgemacht hatten, sondern alle schweigend dasaßen, habe ich mich aufgeregt, und selbst da, als ich sozusagen alles allein übernahm und geborsten war, das ist nicht übertrieben, aus dem Gefühl heraus, daß es mich ankotzte, und ich die Lehrerin, deren Überforderung mich nicht wirklich interessierte, und in dem Moment schon gar nicht, als ich sie mit einem Ausbruch regelrecht zerstört hatte, auch wenn sie es dann überging, das heißt übergehen wollte, krampfhaft und hilflos, wie sie nun mal war, oder einfach stoisch und herzzerreißend ignorant in ihrer Sicherheit, das letzte Wort immer selber zu sprechen: Selbst da hatte es nichts von einer sogenannten Tat. Denn was ich meine, ist, es wollte sich dann niemand mehr aufregen oder zustimmen, und es herrschte bloß Stille, nachdem ich also gesagt hatte, es sei eine gnadenlose Sauerei, daß man die Unfähigkeit bei anderen ablade und bei Schwächeren dazu, so ungefähr hatte ich es am Ende dann ausgedrückt, glaube ich, da herrschte bloß einfache Stille, sonst nichts. Bloße, einfache, einsame Stille, und diese Leere war eine Niederlage und blieb kein dunkles Gefühl, sondern stand als klare Gewißheit da: Ich hatte mir keine Freunde gemacht. – Ja. *[Winkt lächelnd ab.]* Entschuldige, ich schweife ab, ich kann einfach nicht bei der Sache bleiben, das muß Gott mir in seinem verfluchten Hochmut mit vollständigster Absicht versagt haben: mit

Absicht! *[Lacht dabei.]* Als Entschuldigung zieht das allemal, finde ich. – Hier brach diese ganze Zeit jetzt natürlich auf mich ein, wo ich fast zehn Jahre nicht dagewesen war und fast schon alles vergessen hatte. So stellte ich mir das jedenfalls vor im ersten Moment, als ich aus der Bahnhofshalle hinaustrat, sozusagen, theatralisch also auch das eigentlich, als ich diesen Platz wiedersah.
Eigentlich war ich vollkommen unvorbereitet in dem Moment, ich hatte ja nicht einen Gedanken an den Platz verschwendet während der Fahrt von Berlin, an diesen Bahnhofsplatz, oder wie der heißen mag, ich war mit den Gedanken vollkommen bei Barbara und Juri geblieben, in Berlin: Juri hatte sich nämlich offensichtlich entschieden, ausgerechnet in diesen Tagen laufen zu lernen. Ausgerechnet dann, wenn ich das erste Mal wegfahre! Es war klar, daß ich das wegen des Zwischenhalts, ausgerechnet wegen *dieses* Zwischenhalts jetzt verpassen würde, wegen der zwei Tage, die ich früher losgefahren war und also zusätzlich verbrachte und bei meinen Eltern in ihrem mit geschmacklosen Möbeln und allem möglichen Krimskrams vollgestopften Wohnzimmer sitzen würde und höflich dünnen Kaffee schlürfen würde. Da war er zu Hause

dabei, sich ganz von der haltenden Hand zu lösen und durch die Zimmer zu laufen und mit den Kinderkugelaugen zu rollen vor Freu... – ... Hm? Nein? O – äh – ja! Ja, 14 Monate, ja. Hier, ich habe ein Bild dabei. *[Zieht ein Foto aus der Innentasche der Jacke.]* Da ist er grade eins, knapp eins. – Ja? Findest du? Ja, ... die hat er von der Mutter, die hat auch solche Klunker, allerdings grün, graugrün irgendwie, und seine sind blau geblieben, ja, naja, jedenfalls *[... etwas unsicher oder scheu steckt er das Foto wieder weg ...]* hatte er gerade die ersten zwei Schritte alleine gemacht am Tag, bevor ich fuhr, kam ganz normal angerobbt wie immer und hat sich so an meinem Bein hochgezogen, wie er das schon seit Wochen gemacht hat, nichts Besonderes also, und stand dann aber vor mir und hat mich ganz merkwürdig angekuckt, daß ich dachte: Was ist denn? Und dann hat er einfach losgelassen, was, beide Arme so hochgehalten mit seinen gerade mal 70 oder 80 Zentimetern und ist die zwei Schritte bis zum Kühlschrank getappt und hat sich natürlich krankhaft gefreut, und das ist halt so ein Moment, der einem ans Herz geht, klar, wenn das Leben erwacht, und das geht dann schnell, mit dem Laufen, von da an. Es war vollkommen sicher, daß ich den Moment, wo er richtig losläuft, eben verpassen würde. Schon deswegen habe ich auf der Fahrt wirklich keinen minimalen Gedanken verschwendet an diesen blödsinnigen Bahnhofsplatz zum Beispiel, der mal ein paar Jahre *Platz des Widerstandes* geheißen hatte, ohne daß das jemand ernsthaft bemerkt hätte, und jetzt, wo ich auf ihm stand, kam er mir merkwürdig klein vor, ein kleines Halbrund, von zwei kleinen Straßen durchschnitten, der Rest ein Parkplatz, der mit extra herbeigeschafften Katzenköpfen ausgepflastert ist, wo früher schlichter Asphalt war, mit extra auffälligem Kopfsteinpflaster, das man gerade erst – im Zuge des sogenannten Wiederaufbaus – aufwendig überall entfernt hatte, weil es aus der Vergangenheit stammte, an die Vergangenheit erinnerte, die ja nicht die beste war in diesem Fall. Die Steine, Katzenköpfe, falls die wirklich so heißen, wurden meist aus Ostdeutschland dann wieder beschafft, wo man sie aus den Straßen herausriß und angeblich durch billigen Schotter oder bloß Sand gar ersetzt hat und wo sie über die Grenze weg harte Devisen einbrachten. Und dann hatte ich den Platz – samt Parkplatz – offenbar größer erwartet, und durch diese Enttäuschung war er noch fremder als durch die neue Gestaltung, die sie ihm hatten angedeihen lassen – sozusagen, man kommt ja tatsächlich auf solche Worte in solchen Momenten – und die ihn nämlich nur seltsam frisiert und entrückt aussehen ließ. Die Erinnerung setzte ab da wieder ein, glaube ich irgendwie, an solche Geschichten aus der Schule oder vom Fußballspielen oder überhaupt aus der Kinderzeit und mit diesem eigenartigen Gefühl, das immer dazugehörte offenbar. Aber das setzte eben nicht so wieder ein, wie man sich mühselig an einen Urlaub von vor zehn Jahren erinnert zum Beispiel, wie ich das kannte, wenn ich alte und längst verlorengegangene Freunde unvermittelt irgendwo traf, auf einer Party eines um fünf Ecken gemeinsamen Bekannten oder so was zum Beispiel, das ist mir mal passiert, daß wir dann ins Reden kamen, *wie war das denn eigentlich*, und so weiter, und so den ganzen Abend zusammen standen und uns die Bilder von den zugehörigen Orten von damals aus den müden Hirnen kramen mußten, indem ein Wort das andere gab und nach und nach ein Haus am See in Norwegen, eine Busfahrt in Israel oder eine Situation in einem italienischen Café zum Beispiel vor den inneren Augen wiederkehrte – samt allen liebestechnischen Kriegserklärungen aus dem entsprechenden Sommer und so weiter – und das Ganze dann rein Spaß machte. Nein, jetzt hier zurück in meiner wunderbaren Heimatstadt, meiner Heimstatt *[... lacht höhnisch, belustigt ...]* war das, dieser Vorgang der Erinnerung, also der Anfang davon, der Beginn der Erinnerung sozusagen, eine ganz spezielle Geschichte, glaube ich, wo ich jetzt so rede *[... sieht kurz hoch ...]*. Das ging nämlich unglaublich schnell und dabei doch unglaublich überraschend, als wäre es gleichzeitig auch so blendend weißes Neuland, das heißt als wollte es sich als blendend weißes Neuland, als pure Unschuld ausgeben, in die ich da geworfen würde – ha! –, und ich dachte natürlich sofort *nein*, beziehungsweise: *och nee* dachte ich, jetzt auf dem Platz vor dem Bahnhof, mit der Tasche in der Hand und dem Blick in den Himmel, aus dem es natürlich gerade zu regnen anfing, genauso wie ich es erwartet hatte. Wenn ich überhaupt irgend etwas erwartet habe. Und nicht vielmehr eben nichts erwartet habe. Das heißt noch nicht einmal etwas erwartet habe bei der Ankunft und sogar schon vergessen hatte, daß vielleicht etwas zu erwarten war, und zumal was wohl, vernünftigerweise, Verlogenheit nämlich, was sonst, ja, das war eigentlich ziemlich sicher überhaupt erst die Voraussetzung, um wieder hinzufahren, das Vergessen, also mein Vergessen jetzt, an diesen Ort hinfahren zu können, überhaupt, glaube ich. Diese Erinnerung jedenfalls, ich weiß es wirklich nicht, und woher denn wohl auch, nee, vielleicht war das eher wie eine lange nicht benutzte Fremdsprache, kennst du das? Wenn man plötzlich und unvorbereitet angesprochen wird? Und man stutzt erst, weil sie sich nicht einstellt, wie man es gewohnt ist beziehungsweise gewohnt zu sein glaubt, in der man sich irgendwie sicher glaubte, und dann will man etwas sagen, aber die Zunge reagiert nicht, so ungefähr – vielleicht stand ich so auf dem Platz vor dem Bahnhof –, und dann kommt sie doch, die Sprache, diese dusselige und doch eben fremde Sprache, nach einer erstaunlich kurzen Zeit des Stutzens und Überlegens, und man redet anschließend im Fluß, man findet sich selbst sozusagen redend wieder, mit Lust redend, kurze Zeit später, man hört sich selbst reden, eine äußere Stimme im eigenen Körper: *Oh yes*, sagt sie affektiert, mit einer geradezu perversen und haltlosen Lust am fremden Klang. Man quatscht ohne jede Hemmung Zeug, wie man es in der eigenen Sprache, in der Muttersprache nie tun würde. So daß man sich am Ende selbst fremd ist. Weil die Gedanken mit den Empfindungen nämlich nichts mehr zu tun haben und nur die Zunge redet, und man merkt natürlich genau, daß etwas nicht stimmt, daß man zum Beispiel nicht mehr auf dem Weg ist, eines Tages einmal einen klaren Gedanken zu fassen, der so klar und einfach ist, wie man es eigentlich nicht für jemals möglich gehalten hat, wirklich, oder sogar öfter mal einen, ganz unverschämt, sondern man quatscht und quatscht und merkt, daß man sich davon nur immer weiter und weiter entfernt, von sich selbst also dummerweise immer weiter entfernt. – Und das merkt man, glaube ich, immer. *[Icks sieht kurz mit geducktem Kopf aus dem kleinen gewölbten Fenster mit den abgerundeten Ecken und dem kleinen Druckloch in der inneren Scheibe auf die Oberfläche der Wolken und wendet sich mir wieder zu:]* Stellt sich nur die Frage, was man dann damit macht. *[Es entsteht eine kleine Pause, offenbar überlegt er etwas dazu. – Dann:]* Das war jedenfalls das Grundgefühl, das immer wiederkam, und nicht nur wenn ich dort hinfuhr, früher, vor dieser fast zehnjährigen Pause, sondern wahrscheinlich viel mehr noch sogar, wenn sie mich besucht haben, egal wo. Daß ich erst stolperte, sozusagen, wenn sie ankamen und die Taschen ausluden aus dem Kofferraum und alles hochschleppten in die Wohnung – in *meine* Wohnung –, was sie mitgebracht hatten, als wenn es bei mir nichts gäbe. Sogar Proviant hatten sie mitgebracht, den sie in der Küche aufstellten, in *meiner* Küche, bis alles vollgestellt und nirgendwo mehr Platz war, und den sie stehen lassen würden bei der Abreise. Da stolperte ich, rein gefühlsmäßig, beim Kind würde man tatsächlich sagen: es fremdelte, also ich fremdelte sozusagen, als sie ankamen und sich einrichteten bei mir, als wenn nichts wär und nie was gewesen wär, außer ihnen sozusagen, und sie quasselten und quasselten, wie die Fahrt war und das hieß: wie lange sie gebraucht hatten, trotz schnellem Auto vermutlich, und daß es gar keine Parkplätze gäbe hier, also bei mir, wo sie jetzt alles plattquatschten, so kam es mir vor, auch wenn es wahrscheinlich ganz normales Reden war, während sie in meiner Wohnung hantierten, als wenn sie täglich ein und aus gingen, als wenn das alles *ihrs* wär, und dann, nach kurzer Zeit, fing ich aber an, doch etwas zu sagen, was sollte ich auch tun. Ich fing an, genauso zu sprechen wie sie, erst zu antworten, und dann eben bald, sehr schnell, weil sie redeten und redeten, redete ich mit, oder ich redete sogar viel, am meisten von allen vielleicht, ich nahm immer schon vorweg, was sie sagen wollten, glaube ich, auch wenn ich vielleicht nur wollte, daß sie den Mund hielten. Ich rechtfertigte mich in einer Tour, das weiß ich heute, für alles, was ich tat, und das nur, weil es keine Rechtfertigung gab selbstverständlich und nie eine würde geben können, *das* spürte ich ja sehr genau, bloß in ihren Augen hatte es Sinn oder eben keinen Sinn: die Entscheidung zu studieren zum Beispiel, die Entscheidung, die Stadt zu wechseln, die, nicht in einer Bank zu arbeiten und keinen gelben Golf zu fahren mit Schiebedach. Ich rechtfertigte auf seltsame, sozusagen implizite Weise, bevor sie explizit all das gefragt hätten. Sie brauchten mich nur anzusehen, bloß neben mir zu atmen, um mich unruhig zu machen, manchmal kam es mir vor, als bräuchte mein Vater nur an seiner Zigarette zu ziehen, und ich sprudelte, ich begann jedes Detail meines Tuns zu rechtfertigen, das heißt jedes Detail des Teils meines Tuns, das sie überhaupt bloß interessierte, interessieren konnte: die Arbeit und das Weiterkommen und so weiter, was mein Chef von mir dachte – mein Doktorvater – und was er gesagt hatte, was die Kollegen und was die Sekretärin, und ich mühte mich wie Sisyphos, Erfolgsmeldung an Erfolgsmeldung zu hängen, haspelnd: *oh yes*, haspelte ich vorwärts, immer schneller, immer besoffener, und ging im Verlauf der Rede zu kleineren Einheiten über, zu kleinen und Kleinsterfolgen, zu lächerlichen Vorkommnissen, aus denen ich das letzte Quantum Erfolg quetschte, damit ich mehr zu berichten hätte, um diese drohende Stille zu töten, das Schweigen, das irgendwann eingesetzt hätte und das bloß wieder Frage gewesen wäre, die schweigende, grinsende Frage der Überlegenheit: Was ich denn nun erreicht hätte mit alldem. – Ganz abgesehen von jeder anderen Äußerung, die ich unvorsichtigerweise vielleicht hätte fallen lassen können, die Andeutung eines Problems zum Beispiel, die Andeutung eines Zweifels an irgend etwas, der mich viel mehr interessierte als abgeschlossene Dinge wie Erfolg oder Mißerfolg, der grundsätzliche Zweifel an mir selbst ja zum Beispiel, am Sinn meiner Arbeit, die immerhin meine Lebenszeit fraß, ein Zweifel am Ganzen gar, den ich nichts anderes als stinknormal fand, ja: die Verzweiflung, das ist gar nicht übertrieben – die Einsamkeit halt –, die bei ihnen nur so ein charakteristisches, unwirsches Kopfrucken hervorrufen würde, das das Thema als unqualifiziert abstempelte, als unzulässig in den Müll zurückwarf, aus dem es gekommen war, meinem Gefühlsmüll, der für ihre Welt bloß als Belästigung existiert, wirklich, dieser schönen von ihnen und ihrer ganzen Generation geschaffenen und besessenen Welt, die sie von ihrem Häuschen aus in aller Ruhe beobachten, ihrem Neuland, in das der Häßlichkeit zweifellos der Einlaß verwehrt wird. Und ihre regelmäßig aufgefüllten Girokonten, die sie ebenso regelmäßig höchstpersönlich abräumen, um die Autos, dekadenten Heizkosten und Flüge in den Süden und was weiß ich zu bezahlen, geben ihnen in Permanenz recht: Man hat ja kein wirklich schlagendes Argument dagegen.

– Ich rechtfertigte mich also mit der Leere im Hirn und dem Wissen um die Leere, bis mir von mir selbst schlecht wurde, das heißt: Ich war lächerlich bis zum Erbrechen, ohne daß es besonders auffiel. Das Spektakel dauerte immer zwei Tage ungefähr, dann fuhren sie glücklicherweise, und ich brauchte Wochen, um den Schwachsinn wieder halbwegs zu begraben, den ich so mitgedacht hatte, den ich hatte mitdenken müssen, um letzten Endes überhaupt eine Art Kommunikation mit ihnen veranstalten zu können. Denn sie waren natürlich keineswegs einmal in der Lage, sich meine Schaltkreise irgendwie auch nur vorzustellen, sich irgendwie auch nur ansatzweise einmal vorzustellen, wie das Denken bei mir vielleicht arbeiten mochte, komisch, ich glaube, sie konnten sich nicht einmal vorstellen, daß es überhaupt andere als ihre eigenen, immergleichen Kurzschlüsse gab oder geben konnte, wirklich komisch. Das heißt:

furchtbar an sich, zum Kotzen, und ich weiß gar nicht, ob mir das früher so deutlich bewußt war, vermutlich nicht, denn jetzt, auf dem Bahnhof nach diesen zehn Jahren, mein Gott, weißt du, das war noch krasser als bei diesen Besuchen, glaube ich, in diesem Fall, da war die Erinnerung, also ich sage mal, ja: die war ein unzuverlässiges und unbarmherziges Tier, glaube ich, auf die Gefahr hin, daß es ein bißchen gedreht klingt, aber es war gierig und mit keinerlei Gnade belastet und so weiter, und es blies mir schon gleich, sofort beim Betreten des Platzes, das heißt eigentlich beim Verlassen des Bahnhofs schon, als ich von innen die Pendeltür aufdrücke, und spätestens da, seinen schlechten Atem entgegen, den ich aus jenem skurrilen Film von früher natürlich kannte, so kam es mir jetzt eben vor. Und noch bevor irgendwas richtig gegenständlich werden konnte für mich, da war das Gefühl wieder da, diese Beklemmung, so hart und klar, daß man denkt: ach, ja, genau, und in diesem Fall eben: scheiße. *[Lacht wieder...]* Beziehungsweise: Angekündigt hat es sich wahrscheinlich noch früher, wenn ich das jetzt noch mal so passieren lasse, schon als der Zug in die Stadt einfuhr nämlich und ich die ersten Straßen wiedererkannte, als ich da im Gang stand vor den Abteilen, mit der Tasche in der Hand, und ein paar andere Reisende noch vor mir habe, und ich kucke so aus dem Fenster, und der Zug verlangsamt sich, und ich sehe eine früher tausendmal, mindestens tausendmal im Vorbeifahren wahrgenommene Hausecke und flüchtig diesen einen Kirchturm, und eine alte Werbung aus den zwanziger Jahren taucht auf, die sich noch immer vergessen an einem Giebel hält und die ich früher deshalb gemocht hatte, da schon kam die Erinnerung heran, dieser ganze Batzen Zeugs, was, als wenn das auf mich gewartet hätte die ganzen Jahre, und zwar ungebremst kam das, grollend zwar erst, als wenn es beleidigt dort gesessen hätte oder vielmehr behindert, und zwar körperlich und geistig behindert die ganzen verfluchten Jahre in diesen alten Straßen da, diesen wirklich, das kannst du mir glauben, ewig gleichgültigen Straßen gewartet hätte, wie man sich eine stockige Schwiegermutter vorstellt, der man in 100 Jahren nichts recht machen kann, und ich denke, *ach nee*, denke ich, es ist wirklich nicht anders, das Gefühl, wie so eine fette, überdimensionale Henne, wirklich, ohne eigenes Leben, an der Welt auch nicht interessiert und sich selber genauso vernachlässigend, mit aufgequollenem Gesicht und dünnen, gelben, fettigen Haaren in diesen geistlosen, leblosen

Straßen da, und dann, als ich aussteige aus dem Zug, mit dem Blick auf den Boden, als ich die steilen Stufen des Waggons runtergestiegen bin und diese Luft rieche an diesem merkwürdigen Ort, sitzt es nicht da und lächelt mich an, dieses kranke Tier, sondern kommt näher von da an und mit jedem Schritt näher, den ich in diesen blödsinnigen Bahnhof hinein mache, mein Gott, die Treppe vom Bahnsteig also hinuntergehe und links um die Ecke, die Unterführung der Gleise entlang, zwischen den Werbevitrinen und gemeinsam mit anderen koffertragenden Ankommern, da kommt es mir irgendwie unwirklich, irgendwie schwebend und drohend entgegen, das dicke, bedrückte Tier, und ich dachte, und dachte noch immer ungenau wahrscheinlich: So ist es, beleidigt schon durch meine bloße Existenz, für die ich ja selber nicht mal richtig was kann, und es will mich hastig gestikulierend begrüßen, wenn es dafür nicht zu kurzatmig wäre und deshalb nur ungelenk wirkt in seinem Anlauf, mich zu belangen, augenblicklich, dachte ich, wieder einmal endgültig belangen zu wollen, wirklich, so denke ich jetzt zumindest, mich für dieses hilflose Existieren auch noch in Rede und Antwort zu stellen, für das ich ja nicht wirklich was kann, jedenfalls doch nicht ursächlich, sozusagen, und

wo ich mich ja doch redlich mühe eigentlich, nein: Es wird mit jedem Schritt wütender, den ich vorwärts mache durch diesen Bahnhof hindurch, dieses kranke, getriebene Tier, und jetzt, wo ich die Pendeltür aufgedrückt hatte und sozusagen in die Stadt kucke, in diesem Fall auf den Platz also, den Bahnhofsvorplatz, springt es endgültig auf, direkt, dieses simple Vieh – die schlechte Erinnerung, die schon so lang in mir wohnt – und will mir ohne irgendwelche lästigen Umstände glatt an die Kehle.
Im Ernst, so war das Gefühl, damals, als ich noch da gelebt habe, war es so, ein wildwucherndes Dickicht, in dem man bloß um sich schlagen will und genau weiß, daß das überhaupt keinen Zweck hat, weil man immer zu langsam ist, und jetzt war es sofort wieder da: das Lebensgefühl. Daher das ambivalente Glück vermutlich, als ich ganz auf den Platz trete, den neu gepflasterten Bahnhofsplatz, mit der Tasche in der Hand und dem Blick in den Himmel, aus dem es gerade so, wie ich es vermutet hatte, rein instinktiv, zu regnen anfing, zu nieseln, um genau zu sein, denn nicht mal zu einem richtigen Regen konnte sich dieser dämliche Ort jemals entscheiden. Und dieser alberne Bahnhofsvorplatz mit seinem neuen Pflaster, diesem betont neuen Pflaster aus betont alten

Steinen, dieser so alberne wie pittoresk gemeinte Platz vor dem Bahnhof überzog sich schnell mit dem glänzenden, schmierigen Naß, das so zu dem Ort gehört, zu dieser Örtlichkeit oder wie man das nennen soll, zu diesem Unort eigentlich, ohne jetzt wieder aufgesetzt wirken zu wollen, wirklich, da gehörte das traurige, mittelmäßige Naß so dazu wie zum Beispiel der belanglose Bahnhof, seine Belanglosigkeit selbst. Daher das Glück, dieses klare Glücksgefühl und der ebenso klare und vollkommen eintönige Gedanke von reinem Glück: zehn Jahre nicht dagewesen zu sein! *[Lächelt.]* Zu dem Gefühl kamen dann schnell, sehr schnell sogar, auch die passenden Bilder, die Gebäude, Schulgebäude, Schulhöfe, Schulwege und so weiter, die Turnhallen, Sportplätze und Bushaltestellen, die Uni natürlich mit ihrer riesigen Halle, die Kneipen und Diskotheken, einige Betten, durch die ich damals gegangen bin, und die Personen, wie eben diese überforderte und beschränkte Lehrerin rein zufällig oder eben nicht rein zufällig, sondern als schlagendes Zeugnis dieses einmaligen Instrumentes: Erinnerung.

Heute lache ich selbstverständlich über diese Geschichten, wie die mit der Versetzung, und ich weiß nicht einmal mehr, ob diese Mitschülerin denn schließlich versetzt wurde oder nicht, und wie sie hieß, weiß ich tatsächlich auch nicht mehr, das ist wirklich geschenkt. Und noch mehr kann ich über die Sache mit dem Elfer lachen, auch wenn die damals beim Gegenangriff ihr Tor schossen und das Spiel 1:0 ausging, meine Güte, das liegt jetzt ungefähr, warte mal, das liegt – na, so ungefähr 15 oder 16 Jahre zirka zurück, also was soll's, sicher, ich weiß es halt noch, aber mehr nicht, auch wenn – was? Ja, nein. Nee, ich würde sogar ernsthaft behaupten, daß Fußball *genau* wie das Leben funktioniert! *[Er lacht wieder ein angenehmes Lachen.]* – Jedenfalls häuften sich meine bis dahin, vorsichtig gesagt, sehr mäßigen Erfolge auch danach, nach diesem verpaßten Tor zum Beispiel nicht gerade, und ich glaube, ich fand mich, was den Fußball angeht, irgendwann damit ab. Dieses klare und unverstandene Gefühl blieb aber halt in irgendeiner Weise immer in mir vorhanden dort – was? ... Nee, daß ich nicht dazugehörte, ja. Daß ich sozusagen *falsch* war ... Genau. ... Es gab ja auch diese richtigen Schlüsselszenen natürlich, wo du denkst, hier wird was anderes gespielt und du kriegst nicht mit was, so ungefähr als ob du dir das Trikot mit der 9 überziehst, weil du es seit Monaten trägst und im besten Gefühl seit langem und mit Vorfreude aufs Spiel wie nie. Du hast dir zum Beispiel wirklich was vorgenommen heute und weißt genau, daß du Kondition für drei oder vier Halbzeiten hast an diesem Nachmittag, daß dir der Ball nur so am Fuß kleben wird. Du bist so richtig heiß, mit anderen Worten, und glaubst, heute fängt dein Leben endlich an. Und dann wird die Aufstellung verlesen, und dein Name fällt nicht. Oder nur in der Verteidigung, die du nicht beherrschst, das haben sie dir wenigstens immer eingeredet, und du weißt nicht, was los ist, und später heißt es, jemand hätte dies und das über dich gesagt, und der Trainer hätte das und das dazu gedacht, hätte das so und so aufgenommen und sowieso schon lange gedacht, man müsse das alles anders machen und mal so und so ausprobieren, ein anderes System spielen und so weiter und so fort. Daß du dich fragst, wer du eigentlich bist oder wer du überhaupt sein könntest, na klar, und dann rutscht dir alles weg.

Einmal kam meine Mutter zum Beispiel von einer Besprechung mit einem anderen Klassenlehrer nach Hause, das war auch wirklich kraß, lange vor dieser anderen Geschichte mit der Versetzung war das, ich muß so ungefähr zwölf gewesen sein, glaube ich, fünfte Klasse etwa oder sechste, und ich hatte mit dem Denken also wohl kaum irgendwie richtig angefangen, würde ich mal sagen, ja, eben, dieses berühmte *Bewußtsein*, nee, das habe ich da wohl kaum schon irgendwie ernsthaft haben können, mit zwölf. Gerade mal so drei oder vier einzelne Situationen habe ich noch vor Augen, glaube ich, die sich dann im nachhinein, wie eben jetzt hier zum Beispiel, zu einer Stimmung zusammenbauen, und wenn sie das nicht von allein tun, automatisch, dann lassen sie sich wenigstens dafür verwenden. Ich weiß ja auch nicht, durch was oder wann beim Kind die Aufzeichnung aktiviert wird – bitte? – Ja. – Nimmst du auch einen? – Also. Ja. Nee, ohne Eis, ja, straight up – genau – äh, wo ... *[Icks nimmt Tabak heraus und beginnt zu drehen, bietet mir an, und wir drehen.]* ... also wann das einsetzt – Oh kuck mal, soweit sind wir schon. *[Auf die Wand, die die Kabine vom Vorratsraum der Crew trennt, wird die Flugstrecke in eine Landkarte projiziert und angegeben, wo die Maschine sich gerade befindet. Dazu die Flughöhe und die Geschwindigkeit. Wir fliegen auf Grönland zu, das auf der Projektion als »Greenland« bezeichnet wird.]* Naja, drei Stunden oder so werden das noch sein. Wenn ich so weiter quatsche, bist du tot, bis wir in Newark runtergehen, dann hängst du vorneüber im Gurt, wenn das Ding aufsetzt, und wir müssen dich losschnallen und wegbringen, was?! *[Wir lachen.]* Du mußt mich stoppen, wenn es zuviel wird, im Ernst, oder du schläfst einfach ein, okay? Ja? – Gut, ich verlasse mich drauf! – Du wirst es nicht glauben, aber ich gelte als sehr wortkarg, ohne daß ich wüßte weshalb, also weshalb ich eigentlich so bin, wortkarg meine ich, das bin ich nämlich wirklich, das mußt du mir glauben, nur dieser Whisky macht mich wohl irgendwie so redselig. Also abgemacht? Okay! *[Icks hält mir seine Hand hin, lächelnd, ich schlage ebenso ein.]* Oh, das geht aber schnell – *[Die Whiskys waren schon gekommen]* – Gott, auf New York freue ich mich vielleicht! Warst du eigentlich schon mal – ja? – Ach so, verstehe. Ja. ... Nein, es ist wirklich – also für mich war es unglaublich lange eigentlich ein Mythos, glaube ich. Wahrscheinlich ist es das immer noch oder sie, man muß wohl *sie* sagen zu New York, was? Als ich das erste Mal hingekommen bin, war ich ganz schön aufgeregt, jedenfalls. *[Icks hat seine Zigarette fertig, klappt die Tabaktüte beiläufig zu und steckt die Zigarette in den Mund. Die Tüte wandert zu mir, er sucht sein Feuerzeug, ich klemme den überstehenden Tabak an den Enden meiner Zigarette ab und tue die beiden Reste nach kurzem Zögern zurück in den Vorrat. Icks hält mir sprechend sein Feuer hin:]* Das interessiert mich jedenfalls auch seitdem, wann das Kind solche Augenblicke aufzeichnet, wann es überhaupt beginnt, seine sogenannte eigene Geschichte aufzuzeichnen, in einzelnen Bildern, wo ja plötzlich und unangekündigt auf seine Festplatte geschrieben wird, in irgendwelchen kurios bestimmten Situationen. Das ist wie so eine Lampe beim Verhör in Mafiafilmen, finde ich, wie man das selbst dann erinnert, diese entscheidenden Situationen als einzelne Bilder: grelles Licht, das plötzlich von einem Punkt aus dem Dunkel eine Richtung, einen Fleck, den Fleck des Geschehens sozusagen in gleißendes Weiß taucht, und im Schwarz hinter der Lampe Gemurmel, das kein Schwein versteht, das man offenbar auch nicht verstehen soll, und eine Zehntelsekunde später schon wird es wieder ausgeknipst, das grelle Licht, und man bleibt im dunklen Grau zurück, egal, ob man noch etwas hatte sagen wollen oder nicht, und allein in seinem Dickicht, mit dem hilflosen Versuch des Aufräumens, des Ordnens beschäftigt, mit dem Versuch des Verstehens also im Grunde. Ich glaube tatsächlich, daß sie von der Sprache kommt, von ihr herrührt, die Erinnerung, aber vielleicht täusche ich mich auch da bloß. Meine Mutter kam jedenfalls von dieser Besprechung zurück, mit dem Klassenlehrer damals, und schon vorher war die Situation – das Gemurmel hinter der Lampe – eben so, daß im Prinzip zwar nichts vorlag, gegen mich jetzt, und die Leistungen in der Schule stimmten auch, halbwegs zumindest. Ich war ja im Zweifel immer ein eher guter Schüler, auch vor der Promotion schon. Also ich gehörte sicher zu den besten zehn Prozent, was die Noten anging, und das auch durchgängig, das war wohl eine Selbstverständlichkeit. Das heißt, es ist sicher, daß es eine Selbstverständlichkeit war, da es von Anfang an so war, glaube ich jedenfalls, weil ich es eben so erinnere und weil das niemals wirklich kommentiert wurde, also niemals gelobt wurde oder gar Freude gezeigt wurde, ob dessen sozusagen. Und weil es, so kam es mir als Kind wenigstens vor, auch geradewegs in unsere Familie gehörte wie unser Nachname und das kleine Häuschen mit Garage und Garten, das wir anfangs gemietet hatten – das meine Eltern beziehungsweise mein Vater gemietet hatte, für uns – und das nicht unbedingt Standard war in dem Stadtteil da, sondern darüber, mit dem eigenen Garten und der Garage zwischen den großen Mietshäusern deutlich über dem Standard war. Und die Situation war nun also, das wollte ich sagen, daß ich ungefähr zwölf war und meine Mutter sich mit dem Lehrer traf, und zwar weil da irgendwas hakte oder so etwas, jedenfalls gab es offenbar einen Anlaß zur Besprechung. Ich weiß noch, daß ich in der Zeit so etwas wie die erste auch körperliche Regung hatte, daß so ... *[lächelt schief]* ... tatsächlich mit dem Vogelgezwitscher in dem Frühjahr sich etwas geändert hatte, was nicht mehr rückgängig zu machen war, auch wenn es noch lange wieder schlafen sollte, habe ich den Eindruck, weil da ein Mädchen in der Klasse zu reden angefangen hatte und so weiter. Tagelang war ich wahrscheinlich damit beschäftigt gewesen, wirklich, und war gespannt jeden Morgen, auf die Fahrt mit dem Schulbus schon, wo sie ein paar Stationen nach mir einstieg. Und ich weiß auch noch, daß ich mich wunderte, wie ich davor die Tage wohl verbracht hatte, das heißt verbracht haben könnte, ohne diese Spannung, daß es doch furchtbar öde gewesen sein muß und so weiter, wenn ich nachmittags allein in meinem Zimmer war, das ja noch mein Kinderzimmer war und das mir bei der Gelegenheit auch prompt fremd wurde. – Und genau: jetzt fängt das Leben an, habe ich gedacht, und da war also meine Mutter zu diesem Lehrer unterwegs, um sich mit ihm *zu besprechen*, und ich wartete demnach zu Hause, so muß es gewesen sein, und sie kam zurück von der Schule und schloß die Haustür auf, hinter der ich wartete als das zwölfjährige Kind, das ich – statt des im Schulbus jetzt flirtenden Jungen – im Elternhaus wieder war, auf die große Frau, die Institution, die sie war, und sie kam herein durch diese Tür und legte die Tasche beiseite und zog die Jacke aus und hängte sie an die Garderobe im Flur. Sie streifte sicher die Schuhe ab, ich habe das *so deutlich* vor Augen, und auf dem Weg in die Küche wahrscheinlich sagt sie wie nebenbei, wie man so mit der Hand eine Geste hinwirft, in einer Mischung aus vollkommener Mißbilligung und Verärgerung und gleichzeitig die Sache sogar noch als komplett unwichtig bezeichnend, als Deklassierung sozusagen, auch wenn sich das eigentlich widerspricht, als kaum der Rede und Mühe wert also berichtete sie mit einer jedenfalls erst kalten und dann eigentlich ziemlich scharfen Stimme und – und spätestens da ging die Lampe zu meinem kurzen, grellen Moment an – mit steinharter Miene, berichtete sie, er habe gesagt, der Klassenlehrer habe gesagt, *ich hätte ein ausgeprägtes Gerechtigkeitsempfinden.* Und das Irritierende war nämlich, daß ihre Stimme, also die Stimme von meiner Mutter, diese Schärfe hatte, die ja trotz allem nichts anderes war als Vorwurf, reinster Vorwurf, ich hätte mich daneben benommen, das war es, was ich verstand und was ich mir offensichtlich auch irgendwie gemerkt habe und jetzt zum Beispiel erinnern kann und auf dem Bahnhofsplatz vielleicht auch erinnern konnte, und zwar war mein Benehmen von Grund auf falsch, das heißt im Grunde schon verhielt ich mich daneben, von Anfang an also und aus tiefster Seele: *ICH*, und das weitere Komische war, so sehe ich das eben heute, daß ich mich gar nicht aufregte, daß ich mich *darüber* überhaupt nicht aufregte, wirklich komisch, mir fiel einfach nichts dazu ein, genau, bloße Leere im Kopf, oder vielmehr Dickicht eben, genau, das ist es wahrscheinlich: leeres Dickicht.

Hatte ich doch schließlich nirgends als in dieser Schule oder von meinen Eltern – oder von beiden – etwas über Gerechtigkeit gehört, und er hatte ja nicht gesagt: Rechtsempfinden, was so nach Jura geklungen hätte, nach Rechthaberei und kleinkariertem Besserwissen. Ich habe zwar auch keine Ahnung, woher solche Grundüberzeugungen kommen, falls man denn welche hat, aber wenn sie nicht eingepflanzt sind als Überlebensstrategie in unsere armseligen Herzen, dann sind sie kultiviert, und auf jeden Fall bin ich mir total sicher, daß wir eines Tages in der Schule eine Geschichte gelesen haben, irgend so eine, wo Klein gegen Groß heroisch kämpft und die Schüler über die Bücher gebeugt sitzen – alle gemeinsam jeder über sein Buch – in den Tischreihen, und einer liest die Geschichte laut vor, und das Gute gewinnt in der Geschichte, und ich schlage das Buch zu und sehe

von meinem Tisch auf, kucke aus dem Fenster und höre die Besprechung in der Klasse – eine äußere Stimme: das Gute, das Schlechte ... – und ich, notgedrungen das Schulkind, denke mir was.
Ganz sicher gab es das, vermutlich mehr als einmal sogar, und zum Kotzen ist auch das an sich, und man kann nicht herausfinden, aus welchem Grund es geschieht, wirklich, ich finde: Man muß es auch nicht. *[Icks winkt ab.]* Jedenfalls war diese helle Sekunde, als meine Mutter ihre Bemerkung hinwarf, typisch – wie ein hektischer Traum unter den Augendeckeln des Kindes oder im Schwarz hinter seiner kleinen Stirn: Sobald man etwas anfassen will, löst es sich auf. So in der Art jedenfalls war das, und meine Mutter sagte auch nichts weiteres zu diesem Bericht von ihrer Besprechung, von sich aus. Sie hatte aus ihrer Sicht offenbar alles gesagt, und ich fragte auch nichts, warum er das gesagt hatte und so weiter, das heißt die Lampe ging eben genauso schnell wieder aus, wie sie angegangen war. Und das Gemurmel, dieser Lehrer sei von einer anderen Schule geflogen zum Beispiel, einer Deutschen Schule im Ausland, ich glaube in Kairo, weil er einen Schüler blutig geschlagen hatte vor aller Augen, mitten in der Stunde aus vielleicht irgendeinem Anlaß oder bloß so oder aus Haß, er sei jedenfalls nach der Ohrfeige

dumm auf die Tischkante geschlagen, unglücklich natürlich, der Schüler, und er, der Lehrer, sei also geflogen daraufhin, das heißt: *versetzt worden* ist er natürlich, sagte das Gemurmel in seiner Allmacht, höchstens, aber selbst das sagte es undeutlich – na klar! –, und es wurde auch sowieso immer abgewinkt, wenn das zur Sprache kam, wie meine Mutter eben zum Beispiel da immer abwinkte, die natürlich Bescheid wußte über die Versetzung, und daß er Nazi gewesen sei, daß er deswegen überhaupt nur in Kairo gewesen war all die Jahrzehnte seit dem Krieg, oder so ähnlich, und daß er eben Beamter war, also unkündbar, auch da winkte man ab, so daß ich nichts Genaues weiß, ob das nun so stimmt, wie ich es dir jetzt hier erzähle, oder ob es nicht stimmt, oder woher ich das sonst haben könnte, diese Geschichte, das wußte ich damals schon nicht, und jetzt, in der Erinnerung, weiß ich es auch nicht. Und genauso wußte ich damals also nicht mal im Ansatz, was nun falsch war an meinem Verhalten, das ja sowieso kindlich war klarerweise, nur daß es eben so war, wie es war: *falsch*, und daß es vermutlich ganz albern gewesen wäre, das in Frage zu stellen, und kurzerhand: daß sowieso nichts zu machen war. Es blieb also im Raum stehen, wie eine Salzsäule, ganz genau, wie die Geschichte mit der Arbeitslosigkeit, die ich nicht erwähnen sollte auf dem Geburtstag, jedenfalls nicht, wenn die Nachbarn da wären – und jetzt auf dem Bahnhofsvorplatz war es wie gestern. Ich ging dann zur Straßenbahn, das heißt, ich mußte die Bahn suchen, mit der ich früher zur Schule gefahren war und von der Schule wieder weg. Sie hatten sie inzwischen unter die Erde gebracht, die Bahn, und sie hieß jetzt nicht mehr Straßenbahn, sondern Stadtbahn. U-Bahn haben sie sich wohl nicht getraut, bei den paar Haltestellen, so weit wollten sie dann wohl doch nicht gehen, meine Güte. Eigentlich kannte ich so jeden Winkel, wie man das sagt, in dieser trostlosen Stadt, in der ich also zu jenem zweifelhaften Bewußtsein erwacht war, das ich dann in diesen spröden und eigentlich lächerlichen Versuchen, witzig zu sein in Köln, München, Hamburg, und was weiß ich, wo ich noch überall war – genau: in Tübingen zum Beispiel, wo ich es bei diesen ebenso spröden und noch lächerlicheren Vorstellungsgesprächen in meiner Ratlosigkeit anführte. *[Icks streift zum wiederholten Male Asche in den Deckel des kleinen Aschers.]* Weißt du, ich habe offenbar prinzipiell eine wirklich übergroße Bindung an Orte, sie ist so groß, daß *[... er zieht nochmals stark, die schon sehr kurze Zigarette mit den Kuppen von Zeigefinger und Daumen haltend ...]* sie mich oft erdrücken will und ich mir keinen Ort als leicht und froh bewahren kann, das heißt *[... pustet den Rauch des letzten Zuges mit nach hinten gelegtem Kopf und geöffnetem Kußmund in den Raum vor sich hoch, hält kurz inne, fügt einen Ring ein und pustet noch einmal kurz weiter ...]* bis jetzt konnte, also ich konnte kaum je irgendwohin leicht und froh zurückkehren, wo ich einmal gelebt hatte. – Das ist überhaupt ein so komisches Wort, das mir *[... drückt den Stummel aus ...]* immer sehr fremd geblieben ist oder sogar gefährlich: Leben – Gott! – Lebensorte... Plätze also, an denen man irgend etwas veranstaltet hatte, mehr oder minder banal, und die einem dann, ja, die mir dann tragisch vorkamen, aber nicht im angenehmen Sinn tragisch, sondern im unangenehmen Sinn von, ja, belastet oder wahrscheinlich einfach: verschmutzt. Oder *be*schmutzt. Und für diese meine sogenannte wunderbare Heimatstadt galt das sogar schon zu der Zeit, wo ich eben noch da gelebt habe. Ich stritt ja wirklich und ernsthaft mit ihr, und in Wahrheit war schlicht ich selbst nicht leicht und froh, wirklich, und zwar nicht nur so mal ab und zu nicht, sondern ich war halt gar nicht leicht und schon gar nicht froh und schon überhaupt gar nicht in dieser erfolgreichen Zeit, dieser sogenannten erfolgreichen Zeit, wo ich mich als erfolgreichen Mann handhabte, das ist genau das richtige Wort für diese Zeit, die drei oder vier Jahre des erfolgreichen jungen Mannes, der vor allem deshalb so erfolgreich war, weil er die richtige Zukunft noch vor sich hatte, der noch gar nicht richtig angefangen hatte mit dem Erfolg, der den richtigen, den wirklichen, den endgültig vor aller Welt zählenden, stumm machenden – was? – eben, du sagst es: den *alles vernichtenden Erfolg* überhaupt erst noch vor sich hatte. – Nee, im Ernst! *[Lacht offen...]* – Ich stritt also ernsthaft mit dieser Stadt oder eigentlich, vielleicht, ja, wahrscheinlich eben gerade nicht ernsthaft: Wenn ich zum Beispiel an einen bestimmten und exemplarischen Sonntag denke, an dem ich mit einer Geliebten im Auto in der Stadt unterwegs war – über diese Sache mußte ich jetzt auch wieder stolpern, das war klar, sie ist auch so ein Schlaglicht der Erinnerung, so eine Lampe im Krimiverhör, eben komplett exemplarisch, und auf dem Weg durch die Stadt mit den Gedanken an Barbara mußte sie absolut zwingend wiederkommen. Ich fuhr also mit der Geliebten durch die Stadt, da war ich so ungefähr 20, knapp drüber, und hatte nämlich am Steuer gesessen, wir fuhren so dahin – was man halt so tun kann an vielleicht einem Sonntagmittag –, und möglicherweise kamen wir an der Kunsthalle zum Beispiel vorbei, die der ganze Stolz der Stadt war, weil sie relativ neu war, die Kunsthalle, und eine alte hatte es nicht gegeben, und sie sollte der Stadt, deren Name ja, um ehrlich zu sein, bundesweit als Synonym für Provinzialität und Tristesse kursiert, wenn auch zu Unrecht, weil er eigentlich als Synonym fürs ganze Land kursieren müßte, sie sollte der Stadt also zu einem besseren Image verhelfen, die Kunsthalle, und das hat sie auch tatsächlich ein bißchen geschafft, soweit ich weiß. Obwohl man eine moderne Plastik vor dem ansonsten nicht ganz mißratenen Gebäude aufgestellt hatte und fast alle der sogenannten Bürger natürlich sofort Sturm liefen deshalb. An dieser Plastik kamen wir also zum Beispiel vorbei, nehme ich an, und – genau, ich kam dann mit der blödsinnigen Straßenbahn jetzt nämlich auch daran vorbei, und da fiel es mir siedend heiß wieder ein, dieser Sonntag – und vielleicht schien damals sogar die Sonne, vielleicht hatte es gerade noch geregnet, und das Kurioseste an dieser Stadt ist wahrscheinlich, daß sie im Sonnenschein, den es da wirklich ziemlich selten gibt, genauso trostlos wirkt wie im Regen, mindestens genauso trostlos, um präzise zu sein, oder eigentlich wirkt sie da sogar noch trostloser, wirklich, wenn die Sonne tatsächlich mal scheinen sollte, aus Versehen, das heißt am allertrostlosesten überhaupt ist es, wenn auch noch die Sonne scheint auf dieses Elend, diese vollkommen hergestellte Hoffnungslosigkeit aus den sauber begrenzten Fahrbahnen, mit zig Richtungs-, Vorfahrts- und Halteverbotsschildern und maximal möglicher Anzahl Ampeln an jeder ihrer dusseligen Kreuzungen und maximaler Menge Fahrbahnmarkierungen überhaupt, daß du nicht weißt, wo dir der Kopf steht oder ob es noch deiner ist überhaupt, und den von diesen Fahrbahnen und ihren weißen Markierungen zusammengehaltenen Häuserfronten, diesen wie gesagt gesichtslosen Fassaden, deren spannendstes Merkmal mit Sicherheit ihre vollkommen deutsche Bemühtheit ist, sich gegenseitig in der Gesichtslosigkeit auch noch zu schlagen. Spielzeugland halt, für große Kinder, die eben niemals erwachsen werden wollen, beziehungsweise: Westdeutschland, um mal so plakativ zu sein, diese ewige angebliche Unbedarftheit – ich weiß auch nicht, warum mich das immer wieder aufs neue aufregt. Jedesmal kommt es mir derart hoch. Und jetzt in der Straßenbahn hockend und der Sache wieder ausgeliefert zu sein, während Juri zu Hause das Laufen anfing, stimmte mich natürlich nicht gerade mild oder heiter. Als Bewohner dieses Kinderparadieses war ich jedenfalls – ungefähr zwanzigjährig – mit jener Geliebten unterwegs gewesen, und wir fuhren so entsprechend gelangweilt dahin. An einer beliebigen Stelle während dieser Fahrt sagte ich ihr, daß ich an dieser – *[zu mir:]* also an jener – Kreuzung vor soundsoviel Jahren täglich, tagtäglich auf dem Weg von und so weiter und so fort ... vorbeigekommen wäre, Hunderte Male, und dann, mitten auf jener Kreuzung, bremste ich plötzlich und scharf und blieb stehen mit dem Auto auf der leeren Kreuzung und sah sie an, meine Begleiterin, die auf dem Beifahrersitz saß und einen Netzbody unter ihren ansonsten eher normalen Sachen trug und mit der ich kurz zuvor geschlafen hatte, ich sah ihr in die Augen und sagte gerade so theatralisch, wie ich glaubte, daß sie selber immerzu sei und es ihr daher gefallen müßte, so sagte ich klar und mit erhobenem Kopf: *Ich kann diese ewigen Erinnerungen in dieser ewig gleichen Stadt unter diesem ewig regnenden Himmel nicht mehr ertragen!* So ungefähr zumindest, und das Ganze war auf jeden Fall sehr emphatisch und sehr theatralisch, und ich wartete eine Reaktion von ihr auch nicht ab und fuhr – und wir fuhren in *ihrem* Auto, ein alter Alfa, also ein wirklich schönes Auto, und das Verdeck war vielleicht sogar offen, wenn es nicht tatsächlich gerade auch da doch wieder geregnet haben sollte – fuhr ich schweigend, die Augen starr und verschlossen auf die Straße gerichtet, wieder an, ohne daß sie etwas hätte sagen können, und wortlos weiter durch diese gehaßte Stadt. Meine Vorstellung kam an, glaube ich, oder glaubte ich zumindest, jedenfalls schlief ich danach noch mal mit dieser Frau, und bald darauf war es aber zu Ende, weil ich es ihr nicht verzeihen konnte, daß sie auf solchen Blödsinn hereinfiel. Ich hatte eben mit diesem Bild des Erfolgreichen angefangen irgendwann, noch vor 20 und ohne es so richtig zu merken, wirklich, ohne es selbst zu bemerken, und nährte es sozusagen, das Bild, meine ich, dieses unbedingte Bild des unbedingt Erfolgreichen von mir. Ich hatte das Gefühl zum Beispiel, und tatsächlich schon wieder: das *eindeutige* Gefühl, über einen schneidend klaren Verstand zu verfügen, den ich auch unentwegt einsetzte oder der sich von alleine pausenlos meldete und der mir genauso pausenlos recht gab, das ging eigentlich immer ganz schnell, und er wußte, also mein Verstand wußte, wie zu entscheiden war in beliebigen Angelegenheiten, wie zum Beispiel so einer Affäre, und wer hier daneben war, sozusagen überflüssig und geradezu *falsch* war, und ich war es natürlich nicht, und mein Verstand, klarerweise, der wußte immer genauso schnell, warum die anderen daneben waren, und überflüssig und halt eben falsch, warum auch immer, oder warum es egal war, warum sie daneben waren und überflüssig und falsch, oder auch warum es egal war, ob sie überhaupt daneben waren, und so weiter, ohne Ende, und er hatte ja auch recht, mein schöner Verstand, wenn ich es mir jetzt so überlege. *[Icks leert seinen Whisky, den zweiten.]* Und dieses Bild jedenfalls, das ich von mir hatte, mein Eigenabbild, das war wirklich und inständig hungrig, das kann ich dir sagen. Da ging es zum Beispiel natürlich nicht, mehr als unbedingt notwendig durch jene Geliebte an mich selbst erinnert zu werden, und überhaupt durch das durch jeden neuen Tag zusätzliche gleiche Leben permanent noch mehr an mich erinnert zu werden, als sowieso schon überall und eben pausenlos! Das hätte ja das Gemälde vom Gewinner empfindlich gestört, wäre ich irgendwo stehengeblieben, und ich nahm mir also einfach eine Neue, die nächste Geliebte, das war gar kein Problem, denn die Langeweile war ja schließlich verbreitet, und das kam mir auf der Fahrt auch wieder in den Sinn. Selbstredend hat das auch mit Barbara und Juri und überhaupt der ganzen Sache jetzt zu tun, daß ich das jetzt alles anders – ... Juri, ja. Das ist, pff – russisch, weiß ich nicht, slawisch sage ich mal. – Aufgesetzt? Gott, vielleicht hast du sogar recht, wenn du das so sagst, was ich jedenfalls auch dachte, als ich so mit dieser bescheuerten Straßenbahn durch diese bescheuerte, vollkommen zusammenhanglose und beliebige Stadt fuhr, die Leineweberstadt: Ich weiß über sie nichts. Es ist vermutlich auch nicht wichtig und dieser Name zum Beispiel nur der bemühte Versuch, ein bißchen auf historisch zu machen, beziehungsweise auf sehr historisch sogar, daß sie sie so nennen. Im Volksmund oder zumindest unter uns wurde ja eher von Dr.-Oetker-Stadt gesprochen. – Hm? Ein Industrieller. Ja. Backpulver, genau, und es gab eine Zeitlang mal so Aufkleber, in der Form von Ortseingangsschildern, da stand sein Name so drauf. Er hatte klarerweise auch die Kunsthalle bezahlt, ohne die jetzt davorstehende Plastik versteht sich, und es gab auch sofort eine Diskussion um die Integrität dieses Sponsors, weil er die Halle einem waschechten ehemaligen Parteisoldaten widmete. Aber diese Diskussion, die ohnehin auch nur gemurmelt war, bestenfalls, starb gleich wieder ab, warum auch immer, nur der Name dieses Parteisoldaten blieb. Alles wie gehabt also, und anhaben konnte man ihm klarerweise auch nichts mit den Aufklebern, diesen Ortseingangsschildern der *Dr.-Oetker-Stadt*, ich glaube, das hat ihn eher noch gefreut, den Doktor. Diese Leute denken anders, da bin ich mir sicher, ich meine nicht, daß die anders urteilen oder irgend etwas Kompliziertes, sondern daß sie schon von vornherein ganz anders denken, die haben ein ganz anderes Programm und wissen Bescheid und agieren eben drauflos, und der Erfolg und das Geld kommen dann ganz von selbst. Es klingelt sozusagen bei denen an, das liebe Geld, nachdem es bei uns abgehauen ist, wahrscheinlich weil es sich nicht geliebt gefühlt hat, sondern eher mißachtet. *[Lacht.]* Aber im Ernst: Ich wußte wirklich nichts, und weiß bis heute nichts, das ist gar nicht so witzig, denn ich weiß nichts, obwohl ich im Abitur zum Beispiel einen sogenannten Leistungskurs Geschichte hatte, das heißt, ich hatte zweieinhalb Jahre lang vier Stunden pro Woche Geschichte, oder sechs sogar, das weiß ich jetzt auch schon wieder nicht genau. Also ich weiß an sich nichts über diese Stadt, in der ich wahrscheinlich ein Drittel meines Lebens ungefragt verbracht habe, meine Jugend. – Ja, das frage ich mich auch, welches Wort furchtbarer ist: *Jugend* oder *verbringen*, das kommt ja aus dem Transportwesen: *verbringen*, oder ob sie nur zusammen so schlimm klingen: *Jugend verbringen*. Vermutlich ist es das. Nein, was mich wirklich am kränksten macht, ist, glaube ich, diese mangelnde Bildung. Ich weiß über diese Stadt nichts und kann mich statt dessen daran erinnern, daß ich in jenem Leistungskurs damals die Forderung durchgesetzt habe, daß wir uns mal zwei oder drei Wochen der Geschichte der eigenen Stadt widmen. Ich habe das bloß so kurzum vorgeschlagen, weil es mir irgendwie vollkommen plausibel erschien, und die Zustimmung der anderen gab mir dann auch recht. Es lag also auf der Hand, und unsere Lehrerin konnte nicht anders, und wir haben ein paar Sachen dazu gemacht, kurz vor dem Abitur, wir waren demzufolge um die 18, und – tja, und? Was, glaubst du, passiert? Ich kann mich an nichts erinnern! An nichts! Kannst du mir das erklären? Ich sage nur: Dickicht! *Leeres Dickicht*, und bis heute weiß ich über diese Stadt nichts, und ich glaube nicht so recht, daß es gar nichts zu wissen gibt, sondern eher, daß schon der Name eine Verarschung ist: die Leineweberstadt! Man will nämlich ablenken, und ich habe sogar das Gefühl – diesmal ein ziemlich ungenaues Gefühl, ein in seiner Ungenauigkeit aber wieder ziemlich präzises Gefühl, wie ich mittlerweile sicher bin –, über das ganze Land nichts zu wissen, andauernd und immer wenn ich darauf komme, nichts über meine Eltern und also auch letzten Endes über mich selbst nichts. Soll ich dir was gestehen? Beug dich mal hier rüber, das sage ich bestimmt nicht laut!

[Flüstert mit schräg an den linken Mundwinkel gehaltenem rechten Handrücken:] Ich habe letztens im Lexikon nachgekuckt, wo Auschwitz liegt! Ja. Nachkucken mußte ich. Ja. Ich kam darauf, weil ich einen Roman gelesen habe über Auschwitz, wo ein Junge da eingeliefert ... – naja, ist ja egal, jedenfalls habe ich *[... setzt sich auf ...]* nicht mal gewußt, daß es in Polen ist. Ich bin schon in Polen gewesen, zweimal, einmal habe ich einen Vortrag gehalten und so weiter und ... – Ja. Hm? Worüber? – Eöh, über mein Thema von damals. Ja, da hatte ich noch meine Arbeit, sie hatten mir eine Übergangsstelle gegeben in Berlin, weil ich da hinwollte zum Schluß. Mit New York hatte es in letzter Minute nämlich nicht geklappt, was angeblich mit dem Markt nach dem Mauerfall zu tun hatte. Beziehungsweise mit dem Ende des Kalten Krieges, irgendwie haben die auf jeden Fall Hunderte oder sagen wir Dutzende von unglaublich guten Russen aufgenommen in allen möglichen und unmöglichen Instituten da – die haben ja, was das Rechnen angeht, einfach uneinholbare Vorteile, in Rußland, weiß der Henker warum, ob das bloß an der komplizierten Sprache liegt, mit der sie ihr Nervensystem von Anfang an aufbauen, so ist es ja, das weiß keiner – ich fiel jetzt jedenfalls durch, als Nachwuchs, wie man so schön sagt,

als das Talent, als das man mich mit meinen 30 Jahren freundlicherweise bezeichnete, obwohl alle Vorzeichen immer auf Grün gestanden hatten.

Also damals, in der Zeit, das war etwa 1992, oder 93, da hatte ich bestimmt keinen klaren Gedanken, und zwar sozusagen hatte ich öfters mal keinen klaren Gedanken, es hieß nämlich ungefähr ein Jahr lang, das mit der Antragstellung für New York, kein Problem, hieß es, von verschiedenen Seiten, das hat noch immer geklappt, hieß es – und bei *Ihren* Daten, hieß es – überhaupt kein Problem, und ich stellte mich natürlich darauf ein und nicht wirklich ungern, eigentlich, weil New York schon mal nicht so schlecht ist für ein Jahr, um das es bloß ging, denn länger wollte ich gar nicht. Nächtelang diskutierte ich mit der Geliebten von damals, wochenlang diskutierten wir nächtelang, und auch nur mehr oder weniger ergiebig, wie wir dahin könnten, beziehungsweise: ich also dahin könnte als Jungwissenschaftler, und sie vielleicht auch, bloß als was wohl sollte sie nach New York gehen, das war eben die Frage, bis wir soweit waren, daß sie sich ein Jahr Schlagzeugunterricht nehmen wollte in New York und wir uns zusammen eine schöne Zeit machen, obwohl ja nun ich, das war nämlich trotzdem noch immer das Problem, *ich* dort Arbeit gehabt hätte und nicht *sie*, beziehungsweise *ich* dort Arbeit haben würde, und nicht mal die schlechteste, und sie eben keine. Das ist ja alles dann eine Frage der bleibenden Zeit, klarerweise, und jedenfalls hatten wir das ungefähr so ausdiskutiert mit New York, monatelang nächtelang, es war fast ein Jahr virulent, glaube ich, insgesamt, und ich hoffte nach all diesen Diskussionen erschöpft, daß es dann auch so gehen würde und nicht doch alles schieflaufen müßte und die Geliebte am Ende nicht einfach was anderes tun würde mit dem Jahr, mit dem Schlagzeuglehrer nach Brasilien fahren würde zum Beispiel, wenn es Winter würde in New York und ich arbeiten müßte und arbeiten, um auch danach noch wieder eine Stelle bekommen zu können oder, kaum zu denken, gar aussuchen zu können – um zum Beispiel nach Berlin gehen zu können – und so weiter und auch, als es soweit war, als wir hätten packen müssen, überlegen müssen, was man denn braucht, brauchen könnte vielleicht in New York und wie wir es mitnehmen und das übliche, was wir zum Beispiel nun doch besser zu Hause lassen müßten, jeder für sich, und von wo wir überhaupt fliegen sollten – wir wohnten ja nicht in derselben Stadt, sondern 600 Kilometer auseinander – und wo wir die Tickets kaufen würden dann endlich, und wer sie kaufen würde, hoffte ich, es geht irgendwie auf, und daß wir uns am besten nicht schon da zerstreiten, weil eine Seite sich benachteiligt fühlt bei diesen Entscheidungen, in der Zeit, als täglich die endgültige Zusage kommen mußte fürs Stipendium. Ich erwischte mich dann ab und zu bei dem Gedanken, daß das alles zu umständlich ist, was, daß ich mein Leben so nicht auf die Reihe kriege, daß ich so niemals zu einem normalen Leben mit normalen Freunden, einer normalen Geliebten mit normalem Sexualleben und so weiter, in einer normalen Wohnung vielleicht – und an die normalen Folgen eines solchen Lebens habe ich nicht mal gedacht – kommen würde, was oder wie auch immer das alles sein sollte: *normal*, wogegen ich dann anrennen könnte, *normale Menschen*, mit denen ich im Clinch liegen würde Tag und Nacht, und mir dann aber natürlich sagte, du spinnst, sagte ich mir, New York mit Stipendium, das nimmst du doch mit, wenn nur erst mal der Brief käme und die Fahrt irgendwie anfangen könnte, daß es nicht immer alles bloß in der Zukunft spielt, obwohl ich gerade 30 werde, und dann kam er ja auch, der Brief, bloß klarerweise war's einfach und schlicht nichts mit meinem Stipendium. Ich kriegte es nicht. Die Mauer war runter, der Senat in Washington killte kurzerhand das wichtigste Projekt, allerdings ein Milliardending, weil der Kalte Krieg ja vorbei war, so hieß es jetzt, so was Bekloppptes, den Zusammenhang muß man erst mal erfinden und jedenfalls, alles war durcheinandergekommen, überall auf der Welt wurde das Fachgebiet wild zusammengestrichen innerhalb kürzester Zeit, und plötzlich war kein Stipendium in New York mehr drin. Ich sollte jetzt nach Chicago gehen, wurde mir andauernd gesteckt, das heißt genauer sollte ich in die Wüste südlich von Chicago für zwei Jahre: Da gäbe es eine Möglichkeit. Ich habe abgewinkt. *[Er winkt wieder selbst ab.]* Weil da wäre sie nun todsicher nicht mitgekommen, da hätte sie nun gesagt, du spinnst wohl, du willst wohl dein endgültiges Hohelied singen, hätte sie gesagt. Oder so was, und hätte sich gleich hier noch einen Schlagzeuger gesucht, sehr treffend, die trippelt ja nicht hinter mir her, und das hätte ich beileibe nun wirklich auch nicht gewollt, daß sie hinter mir herläuft, als letztes hätte ich so eine haben wollen, das ist ja vollkommen klar. Kurz: Wir setzten eine Anzeige zur Wohnungssuche in die Berliner Morgenpost, dieses Schweineblatt, weil Berlin mochten wir immerhin beide, fanden mit einigem Aufwand auch eine Wohnung, eine grauenhafte Höhle natürlich, ich meldete mich arbeitslos und ging zur Humboldt-Uni, wo man mir freundlicherweise einen Schreibtisch gab, an dem ich arbeiten konnte: Es galt an sich bloß noch, eine angefangene Arbeit zu Ende zu bringen, die ich für wichtig hielt, und siehe da, man wird mir eine gewisse Redlichkeit tatsächlich zugestehen müssen, das wirst du zugeben, oder? *[Nickt mit hochgezogenen Brauen dazu, ohne daß ich dieser Geste nachkommen könnte. –]* Als ich wegging, aus der Heimstatt jetzt, der Ostwestfalenmetropole, als ich floh damals, habe ich aber – glaube ich – wohl schon gewußt, daß mir was blüht, wenn ich dieses furchtbare Nest aufgebe, daß ich böse aufs Maul stürze, wenn ich der Welt mal sozusagen ins Auge sehe. Aber das war auch kein klarer Gedanke, das war sogar sehr weit von einem klaren Gedanken entfernt, fürchte ich, es war genau das Gegenteil: ein dunkles Gefühl. Und ich fürchte noch mehr eigentlich, daß ich es deshalb erst recht gewollt habe, richtiggehend hatte haben wollen, den Sturz jetzt, oder alles sogar genau so angefangen habe, daß es gar nicht mehr anders kommen konnte, als daß ich zwar das Regenloch Heimat verlassen würde, aber mitsamt dem Regen sozusagen, mit dem Regen im Herzen immer dabei: Eine Ansammlung dunkler Ahnungen muß ich demzufolge gewesen sein, und als ich während der Promotion in Konstanz dann tatsächlich unglücklich war – also so richtig unglücklich war ich, ich weiß nicht, ob du das kennst –, da habe ich eben dunkel geahnt, daß New York was für mich wäre oder Berlin. Ja, das ist kitschig, das stimmt. Es ist sogar vollkitschig, jedenfalls ahnte ich, daß das besser für mich wäre, daß man eben doch nicht irgendwie und irgendwo leben kann, zufällig, daß das eben *nicht* geht, hatte ich da endlich verstanden, daß es eben Unterschiede gibt, und ich wollte mittlerweile das Bessere tatsächlich auch haben, das war das eigentlich wirklich Gute daran: Ich scheute die abermalige Arbeit und das Risiko, daß ich mich täuschen würde, daß ich wieder eine falsche Entscheidung treffen würde, nicht. Ich war 30, bejubelte das Risiko und wollte endlich einmal anfangen, sicher, das heißt, diesmal war es eigentlich ein helles Gefühl, um jetzt ganz genau zu sein. Und jedenfalls schrieb ich Briefe vom geborgten Schreibtisch in der Humboldt-Uni aus und kam dann doch noch nach New York, wenn auch bloß nach Long Island und wenn auch dummerweise im Winter, so daß die Geliebte sofort ein paar Wochen Australien buchte, wo sie mich natürlich betrog. Was hätte sie da auch sonst tun sollen, den ganzen Sommer über in dieser Ödnis: Australien! *[Lacht, beinahe laut, und versucht, die Stewardeß auf sich aufmerksam zu machen.]* Jedenfalls hatte ich in New York dann tatsächlich sofort Spaß und fühlte mich beschützt und wurde auch sofort bedroht. Also um ehrlich und auch, ja: warum nicht, wieder pathetisch und so ein bißchen möchtegern-philosophisch zu sein, ich konnte dort gleichzeitig Mann und Kind sein. Allein halt. Und zwar als: bei mir sein. *[Lacht.]* – Gott, das war wirklich wie nach einem langen sehnsüchtigen Schwimmen einmal ans Land zu kriechen, oder, sagen wir, wie aus jahrelangem Regen kommend sich einmal in einen Hauseingang zu stellen und die Jacke so ein bißchen abzuschlagen, den nassen Kragen wegzufalten und mit vorgeducktem Kopf einen prüfenden Blick am Mauervorsprung vorbei in den Himmel zu werfen, was da noch kommen mag. – So ungefähr war das, oder so kam es mir vor, und ich wußte auch gleich, daß es nur eine Pause sein wird, daß es gerade zur Pause gut taugt: New York. Ich arbeitete also an meiner Abschlußarbeit, sozusagen, meiner letzten Forschungsarbeit, langweilte mich abends in der Cafeteria des Instituts vor ihrem Trivialfernsehen – später bekam ich auch ein Auto gestellt und konnte diese kathedralen 24-Stunden-Supermärkte abklappern –, und am Wochenende fuhr ich mit der Long Island Railroad in die Stadt und trieb mich trotz Wahnsinnskälte nächtens herum. Ich betrog meine in Australien irgendwo am Strand liegende Geliebte ebenfalls, aber das war nicht der Rede wert, und als ich zurückkam, gab man mir auf Intervention eine Übergangsstelle in Berlin, für sechs Monate. Ich konnte meine Arbeit zu Ende bringen, publizierte sie, fuhr auf eine Konferenz nach Polen und hielt einen Vortrag, und genau: Da kam ich an Auschwitz vorbei, ohne es wenigstens zu wissen, ohne jedes Bewußtsein, das ja wohl nicht zuviel verlangt gewesen wäre, finde ich – das wollte ich erzählen –, und dann lief auch diese Stelle aus, und ich ging wieder zum Arbeitsamt, wo ich mich ja schon auskannte und wo sie *Herr Doktor* zu mir sagten und ich nicht wußte, ob sie das ernst meinen oder sich einfach bloß lustig gemacht haben über mich. Es ist vermutlich unnötig zu sagen, daß ich das zweite sehr viel leichter glaubte als das erste, als ich da auf dem Flur sitze und die Tür aufgeht und die Sachbearbeiterin auf die Akte in ihrer Hand kuckt und laut und deutlich, mit Betonung auf meinem Namen *Herr Doktor Icks* sagt. Nee – *[winkt abermals der Stewardeß, die jetzt auch reagiert und bedeutet, daß sie gleich käme]* – ich hatte mich da entschieden, mich nicht irgendwo zu bewerben, in Köln, München, Hamburg, oder was weiß ich wo, in Chicago, Japan oder Heidelberg meine Geschichte vom Bewußtsein zu erzählen, klar, das so einigermaßen erwacht sei und so weiter, und vorzugeben, daß *ich* es wäre, ausgerechnet *ich*, der eine Stelle haben müsse, weil er berechtigt wäre, weil *ich* berechtigt wäre, eine ganz bestimmte Arbeit zu machen, sie machen müßte geradezu und so weiter, denn das Gefühl hatte ich ja nicht, daß ich etwas machen *müsse*, ich hatte gar nicht so ein Gefühl, sondern vielmehr hatte ich das dunkle Gefühl, daß ich 30 war und sogar schon drüber war und also notgedrungen daranging, mein Leben so ein bißchen aufzubrauchen, und es allemal Zeit ist, zu tun, wonach mir der Sinn steht. Sozusagen jedenfalls, das klingt natürlich kitschig, ohne daß es das ist, jedenfalls nicht wirklich, es ist nicht wirklich und ernsthaft kitschig, sondern ich wollte eben keine Zeit mehr verlieren und ging halt zum Arbeitsamt, was, und anstelle der Geschichte mit dem Bewußtsein, das so teilweise erwacht wäre und so weiter, erzählte ich die vom Ende des Kalten Krieges und daß jetzt die Situation eine ganz andere war als bei Beginn meiner Promotion drei Jahre vorher. Das mit Chicago ließ ich natürlich aus, und die Stelle in Konstanz auch, zugegeben! Mm – *[Die Stewardeß steht neben mir im Gang und sieht Icks mit ihren Lacklippen freundlich auffordernd an.]* – Nehmen wir ... *[Icks sieht mich fragend an und hält sein leeres Whiskyglas demonstrierend hin.]* ... noch mal? *[Ich bejahe. Er zur Stewardeß:]* Also noch mal zwei! Danke. *[Ich frage nach der Stelle in Konstanz, was das gewesen sei. Icks:]* Ach so, ja, die haben mir was angeboten da, Max-Planck-Institut, für zwei Jahre, ja. – Zeitvertrag, aber – *[er holt mit gebogenem Oberkörper wieder seinen Tabak aus der Jackentasche]* – was Unglück ist, wußte ich da ja schon. *[Die Prozedur von vorhin wiederholt sich, wir drehen.]* Ja: die Sache mit den Orten und dem Wiederkehren und so weiter, auch da, und ich lehne also ab und erzähle der Sachbearbeiterin im Arbeitsamt den anderen Teil der wahren Geschichte, mit dem Geplapper über den Kalten Krieg und so fort, daß die Menschen blind sind, das kann ich dir sagen, da habe ich mich vielleicht in Rage geredet! *[Freut sich, wird lauter und bewegt sich im Sessel hin und her.]* Und auch zu Recht! Denn das ist auch so ein dumpfes Gefühl, das gehört auch zu dem dumpfen Gefühl, das ich schon seit Anfang an mit mir herumtrage oder seit diesem gottgegebenen Teilbewußtsein, das mich eines Tages in meinem Frieden überfallen haben muß: Daß es Blindheit gibt, so echte, wahrhafte Blindheit, meine ich! Und wahrscheinlich tue ich das noch heute. Ich kann es nicht begründen, leider. Immer nur, wenn es schon zu spät ist, kann ich es begründen, dann kann ich schon sagen, siehst du: Jetzt ist das und das passiert, was man eigentlich *vorher hätte wissen können.* In dem Fall zum Beispiel, daß die heute noch immer geglaubt haben, unser Arbeitsgebiet hinge mit Waffen zusammen, also es könne irgendwie damit zusammenhängen: absurd! Und dann kürzen sie plötzlich alles zusammen, jahrzehntelange Arbeit von x-Tausenden Ingenieuren und Tausenden Wissenschaftlern auf der Suche nach etwas Neuem, mitten in einem Abenteuer, das menschlicher nicht sein könnte, wenn auch vielleicht nur wegen seiner Vergeblichkeit nicht oder was immer das überhaupt heißen kann – menschlich! –, und wenn ich mich nicht eh schon wieder komplett irre wahrscheinlich, ein Abenteuer, das jedenfalls alle angeht und auch nicht blödsinniger ist als so manches, das meistens noch nicht einmal so bezeichnet wird, sondern todernst daherkommt wie eine Fließbandproduktion und dabei noch viel teurer bezahlt ist am Ende: Geld weg, ab in den Wind damit. `Wenn es gar nicht um Waffen geht!` *[Mit verstellter, sehr tiefer Stimme, dazu belustigte Gesten der Entrüstung -]* `Die wir sowieso nicht mehr brauchen!` – Oder eine ganz andere Geschichte zum Beispiel: Letztens haben ein paar Freunde von mir, ehemalige Freunde sind es jetzt, das kann ich dir sagen, Gedichte veröffentlicht, nicht von sich, das wäre in Ordnung gewesen, es wären vielleicht nicht so gute Gedichte gewesen – ich verstehe nicht viel davon –, aber vollkommen in Ordnung wäre das gewesen, nur haben die welche veröffentlicht von einem sehr bekannten Kriegsverbrecher. Keine Ahnung warum, die fielen natürlich damit auf und so weiter, man fiel über sie her von allen Seiten oder fast allen, ich fand das ja bloß ungeheuer peinlich eigentlich, daß sie diese Gedichte genommen haben, übersetzt und gedruckt, auf eigene Kosten gedruckt und dann herumgetragen haben in der ganzen Stadt, in die Buchhandlungen, und die Buchhändler vollgequatscht haben, und in den Kneipen damit rumgelaufen sind, und Briefe geschrieben haben: Sehen Sie mal, wir haben die Gedichte vom Kriegsverbrecher, Sie wissen doch, der gesucht wird vom Tribunal, in Den Haag, und so weiter: Ich fand das bloß peinlich, wirklich, solange ich gar nicht drüber nachgedacht habe, denn sonst kriege ich ja regelrecht einen Anfall, Lyrik vom Massenmörder, weil er Massenmörder ist, und die haben das gar nicht gebrochen in ihrer Zeitschrift, was ja das mindeste gewesen wäre, nein, peinlich fand ich das bloß erst mal, mit den Gedichten schwarz auf weiß – das eine hieß *Morgenbombe* –, so in der Art peinlich wäre mir das,

als wenn du deinem Gegenüber beim Reden unabsichtlich ins Gesicht spuckst, weil du das P nicht beherrschst mit deiner zu dünnen Stimme, und er faßt sich ans Auge und wischt, und du denkst, au weia, das war aber *schlecht*: am besten schnell drüber weg, nein, die haben sich um diese Gedichte gesorgt regelrecht und hatten überhaupt kein Problem, ganz im Gegenteil, gefreut haben die sich: *Wir* haben einen Skandal –: WIR! – und der Punkt ist eben: Es paßte zu denen.
Irgendwie paßte es halt, mußte ich mir zugeben, als es passiert war und ich mich wunderte, daß dies meine Freunde sein sollten, mit denen ich über ein Jahr lang meine Biere getrunken habe, und das hat mich auch gleich an Auschwitz erinnert und daß ich nicht mal gewußt habe, daß es in Polen ist und ich da vorbeigefahren bin. *[Icks steckt seine Zigarette an und grinst:]* Jetzt habe ich mir total widersprochen – oder? – Genauso wie ich vorhin gesagt habe, daß es ist, wenn ich denken will, wenn ich anfange zu denken, zum Kotzen, es wird gar kein Denken, sondern bleibt reines Grübeln oder versinkt darin, wirklich, im Dickicht von Widersprüchen, du hast es nicht mal gemerkt! *[Lacht.]* Oder aber das gibt überhaupt keinen regelrechten Zusammenhang, was ich da gesagt habe, nicht mal einen Widerspruch! *[Trinkt*

vom Whisky, der mittlerweile gekommen ist, und grinst.] Trotzdem aber, genau dasselbe mit meinen Eltern: Als ich dann nicht zum Geburtstag fuhr, habe ich gedacht, das paßt zu ihnen, die Arbeitslosigkeit erwähnen sollte ich nicht, kommen aber sollte ich schon, wenn auch nicht rein wegen des Doktortitels, sondern wohl schon auch ein wenig wegen der Elternliebe, von der vor allem meine Mutter nicht alles verbergen kann. Aber das war kein klarer Gedanke, daß das zu ihnen paßte, daß das *sie waren*, es war sogar sehr weit von einem klaren Gedanken entfernt, es war eigentlich wieder das Gegenteil von einem klaren Gedanken: das dunkle Gefühl. Deshalb vergaß ich es. Mir fiel nichts mehr dazu ein. Ich vergaß es – oder: nein, ich vergaß es eben nicht, vielmehr begrub ich es, und zwar dort, wo auch schon andere dunkle Ahnungen und hellsichtige Befürchtungen von mir lagen, die immer bedrohlicher werden, gerade wenn man nicht auf sie hört. Ich begrub sie, das heißt ich setzte ihnen ein Kreuz, obwohl ich das wußte, daß ich nicht immer diesem Hang nach Vollständigkeit nachgeben darf, wie gesagt, nach Geschlossenheit und so weiter und obwohl ich außerdem nicht fand, daß meine Arbeitslosigkeit unmäßig gewesen wäre, trotz dem Konstanzer Angebot. Da nämlich hätte ich mich eh umgebracht zwischendurch, das steht

fest, was natürlich lächerlich klingt, klarerweise, vollkommen lächerlich sogar, zumal für Leute, die wirklich was mitgemacht haben, wie zum Beispiel meine Eltern eben, beziehungsweise meine Großeltern vor allem, oder auch Milliarden andere – vielleicht hast auch du hier vor mir noch ganz anderes erlebt an Dramatischem, das ist leicht möglich selbstredend – und das war jetzt wieder ein vollkommen klarer Gedanke, und ich stelle jetzt langsam fest, daß es eigentlich wohl eine ganze Menge klarer Gedanken waren, eine Reihe, sogar eine folgerichtige Reihe von Gedanken, einer auf den anderen aufbauend, oder ihn ergänzend vielleicht eher, und die auf dem Platz vor dem Bahnhof dann den ebenso folgerichtigen Schluß fand, ihren Abschluß, als ich da mit dem Koffer in der Hand in den vertrauten, einstmals vertrauten, von früher als normal erinnerten Regen kucke und denke, *ach nee*, und noch mal Luft hole und merke, daß ich angekommen bin, an diesem Ort, gegenständlicherweise, mit dem Zug, und denke: *mein Gott*, und die Augen schließe und natürlich Juri sehe sofort, sein Kinderkugelgesicht, und denke: *oh je, scheiße! [Lacht.]*
Nein, das wäre nicht gegangen in Konstanz, zwei Jahre, außerdem wäre ich am Ende ja wieder arbeitslos gewesen. Oder ich hätte an einen noch

schlimmeren Ort gemußt und wäre nicht 30 oder 31 gewesen, wie ich damals, sondern 33, wie ich jetzt bin, also die Sache in dem Sinne noch schwieriger. Ganz abgesehen davon, daß die Einsamkeit mich schon längst getötet hätte, und obwohl ich selbst ja so gar nicht denke: Daß ich das Leben derart hinplanen kann. – Vielleicht bloß, weil ich allein war, ich weiß es nicht, dachte ich so auf der Fahrt mit der Straßenbahn, auf der Straßenbahnfahrt, als ich an der Kunsthalle vorbei war und das Ding am Adenauerplatz stehen bleibt. Ich wollte jedenfalls, wie ich das nannte, umlernen, Gott, ja, eäm, um ehrlich zu sein, wollte ich Regisseur werden, hatte ich mich inzwischen entschieden – ja. – Hm? Ja, mm, Theater. *[Wird rot.]* Ja. *[Ich sage ihm, daß ich das für einen großartigen Beruf halte.]* – Stimmt. Hast recht. Na, das ist auch mal gut zu hören, das entspannt. *[Hustet und räuspert sich, zieht dann gierig an der Zigarette.]* Jedenfalls wollte ich das probieren, Regisseur, und wenn es nicht geht, irgendwo unterrichten und leben und Freunde haben und so weiter, alles ganz normal. Ich hatte ja eben nicht mehr das Gefühl, einen bestimmten Job machen zu müssen, an einer bestimmten Stelle sitzen zu müssen und so weiter, *ich* und kein anderer, was. Nur, daß es ein paar Sachen gibt, die nicht schlecht sind, Dinge, die irgendwie Spaß machen, wenn vielleicht auch nur eine Weile, und nicht schon von außen vollkommen inakzeptabel sind, klarerweise, das dachte ich, daß es *[... er beginnt an der kleinen Düse für Frischluftzufuhr, die sich über ihm befindet, herumzudrehen ...]* es eine Arbeit geben muß, die das Leben nicht schon von vornherein immer verachtet. – Meine Güte, ist das warm hier drin. Daß sie das bis heute nicht fertigbringen, so ein Flugzeug gut zu belüften... *[Diese Düsen seien in der Tat unzureichend und darüber hinaus störend, da sie den Fluggast punktuell auskühlten, gebe ich ihm zu. Er will gerade eine neue Zigarette zu drehen beginnen, da wird das Essen angekündigt. Beide wählen wir Huhn und klappen die kleinen Tischplatten hervor. Schon kommt das Essen. Eine Viertelstunde sind wir mit dem Auspacken des Bestecks und der Beilagen beschäftigt, während wir alles probieren. Wortlos verständigen wir uns darüber, daß das Essen annehmbar ist. Wir nehmen auf Nachfrage der Stewardeß Rotwein dazu. Ich sage Icks, daß ich auch einmal für sehr kurze Zeit arbeitslos war und daß man in solch einer Situation anfinge, im großen Stil zu zweifeln.]* Ich *[knüpft er nahtlos an meine Bemerkung an]* baute mich dann daran auf, alles ganz normal machen zu wollen, als ich wieder arbeitslos war und die

Sachbearbeiterin *Herr Doktor* sagte, und fand es eigentlich nobel von mir, jetzt zugunsten von all dem Normalen eine schicke Karriere in den Sand zu setzen, die ich ja hätte machen können, wenn ich nur gewollt hätte, wenn ich nur angepaßter gewesen wäre und irgendwie stabiler, wenn ich so stabil hätte arbeiten können, vor mich hin arbeiten können, allein wie alle anderen. Die verstanden meine Arbeit ja nicht oder erst nach Jahren. Das ist ganz normal in dem Fach, und dazu kommen noch die unablässigen Ränkespiele um Einfluß und Vorteil, das endlose Spiel der Intrigen, anders kann man es wirklich nicht nennen – wenn du zum Beispiel eingeladen wirst, einen Vortrag zu halten, und denkst, okay, das ist nett, gerne, sagst du und bereitest dich vor ein paar Tage und fährst quer durchs Land, um den Vortrag zu geben, und dein Gastgeber sitzt im Auditorium und hat sich plötzlich was rausgepickt und beginnt darauf rumzureiten, worauf du nicht vorbereitet bist, er hat dich erst auflaufen lassen, gleich zu Anfang mit einer Lappalie, und dann aber versucht er, dich ganz aufzuspießen vor allen Leuten, nachdem er dich eingeladen hatte und du gekommen warst, und du schaltest nicht, weil du damit nicht rechnest. Also ich habe mit so was nie gerechnet, immer, und erst sehr spät ist mir klar geworden, daß es einfach so ist, daß sie einfach eben so sind, immer im Kampf, und als ich darauf gefaßt war, vor den Vorträgen zum Beispiel, mir sagte: Paß auf, da draußen sitzen nur Feinde, *geh hin und hasse*, da ging es plötzlich, und ich biß in die Fragen, anstatt Antworten zu geben, ich sagte einfach irgendwas Kluges, am besten mit einer Vokabel, die nicht richtig gängig ist, und siehe da, in den Konferenzpausen bekam ich jetzt diese verstohlenen, anerkennenden Blicke von der Seite und dachte also: So geht es: Mißachtung, von allen Seiten: Herabsetzung, nur so: das Funktionieren! – und ich hätte das aushalten müssen, mehr noch, viel mehr: Ich hätte es genießen können müssen, finde ich, ich hätte nicht weniger als *darin leben wollen müssen*, konnte es aber irgendwie einfach nicht. Ich konnte es nicht, und das ist keine Koketterie. Die gewöhnst du dir nämlich schnell ab, wenn du einsam bist. Und die anderen, die ich ja auch wiederum argwöhnisch beobachtete, seit mir klar war, daß ich etwas falsch machte oder ich falsch war auf eine Weise, hatten aber offenbar überhaupt gar kein Problem damit, die meisten jedenfalls oder zumindest diejenigen, die es auch bis in die Konferenzen geschafft hatten, fanden wohl alles normal: Ja, nichts als der Dr.-Oetker-Effekt, so nenne ich das jetzt immer, auch wenn das wieder ungerecht ist, ich kenne Dr. Oetker ja gar nicht, keinen von ihnen. *[Leiser:]* Übrigens hat auch mal einer von denen bitter bezahlt für den Namen. – Erpresserische Entführung, exakt. *[Grinst wieder, schiebt den Rest vom Essen zusammen mit dem Weinbecher, so weit es möglich ist, von sich weg. Er nimmt wieder sein Glas und läßt den Whisky darin kreisen.]* Das war jedenfalls also auch ein ganz klarer Gedanke eines Tages: Hell und klar dachte ich *[– nimmt einen Schluck und sieht danach wieder die Flüssigkeit im Glas an –]* 30 bin ich, die ich mir lange gewünscht hatte, und sah mich deshalb mit 40, wo ich mich endgültig vor mich hinstellen müßte oder statt dessen pausenlos trinken vielleicht. Und schloß da vermutlich mit den maßlosen Träumen ab, die man so als Jugendlicher noch hat. Ich wollte jedenfalls endlich mit meiner Geliebten zusammenleben, der damaligen. – Furchtbar, ja! *[Ich hatte mich offenbar, ohne es zu merken, amüsiert gezeigt, und er quittiert das mit einem entspannenden Lachen...]* Die gab es ja auch nur eher kurz erst zu dem Zeitpunkt, wirklich, ich verliebe mich sowieso so leicht, daß es eine Farce ist. Ich hatte aber jedenfalls gedacht, jetzt, dieses Mal, da klappt es, und die Frau jetzt, die mache ich endlich glücklich. Ganz hell und klar dachte ich, daß wenn ich bloß halb soviel Energie,

Zeit und Aufmerksamkeit in diese Liebe investiere, wie vormals in meine Promotion, mit der ich mich unglücklich gemacht hatte, beziehungsweise mit den Umständen oder genau: mit der Intensität, mit der ich die inszeniert habe, hatte ich mich unglücklich gemacht, und wenn ich diese Intensität jetzt halt dieser Frau widme, dachte ich, dann müßte ich sie doch glücklich machen können und sie also auch in der Tat glücklich machen, wirklich, da ich sie ja sowieso schon irgendwie liebte. Und dann passierte genau das, was leider immer passierte. Es ist nämlich immer dasselbe passiert, jedesmal, die Frau sagt eines Tages, ich würde sie nicht genug lieben. Furchtbar. Ja. Erst sagt sie es vorsichtig, wirklich – ah, das kennst du, ja? *[Freut sich lebhaft.]* – Sie sagt es so halb im Spaß und läßt dir noch die Möglichkeit offen, es als Spaß zu nehmen, und weil dir nichts dazu einfällt, vergißt du es und bist froh darüber, und dann, wenn du es vergessen hast, die dunkle Ahnung, und dich gerade erholt hast davon, dann kommt sie wieder an und sagt es vorsichtig, aber ernst, und man redet darüber, und es fällt dir wieder nichts dazu ein. Und ihr fällt ebenfalls nichts dazu ein, so daß man wieder beisammen ist, und deshalb verzettelt man sich lieber und vergißt es anschließend, indem man eine Nacht veranstaltet, wie seit den ersten Wochen keine mehr war, beziehungsweise wie überhaupt noch nie eine war: mit Kerzen auf dem Badewannenrand und hinterher Sandelholzöl und manches mehr, so daß es was Gutes und damit auch durchaus Sinnvolles hat. Dann ist eine Weile Ruhe, und man widmet sich wieder irgendwie diesen alltäglichen Dingen, die lächerlicherweise das Leben sind, oder ich finde ja aus diesem Vagabundieren heraus eigentlich: daß, wenn man Glück hat, sie das Leben sind, beziehungsweise daß ohne sie, ohne die alltäglichen Bagatellen eben auch kein Leben ist, dieser kläffende kleine Hund, der jahrzehntelang nervt, und wenn das Vieh endlich tot ist, dann vermißt man es wie die eigene Mutter. Aber gerade dann, wenn der Alltag mit diesem Hund da ist, das gefütterte Leben, dem man tagtäglich hinterherräumen muß, dann genau kommt es wieder, die Intervention der Geliebten zum Beispiel, und: mangels Liebe, sagt sie, und man wird ein bißchen ratlos, und dann kommt sie noch mal und dann noch mal und findet mal die und mal die Worte dafür. Und dann fängt man langsam und kontinuierlich an, gemeinsam traurig zu werden erst, ganz zuverlässig, und trauriger, und es beginnt schleichend das wirkliche Unglück, mit Streit und den Schreiereien, die noch immerhin eine richtige Katastrophe sind, man schlittert langsam ins Dickicht, das ist nicht übertrieben, ja genau: ins leere Dickicht – auch da! – bis zur totalen Erschöpfung. *[Er freut sich über den Schluß.]* Oder aber man steht eines Tages eben vom Tisch auf und geht. Aufgrund eines dunklen, ungenauen Gefühls, das vielleicht für eine Zehntelsekunde zur Gewißheit geworden ist, zu einem hellen, klaren Gedanken eine Zehntausendstel Sekunde lang, die man glücklicherweise genutzt hat, um aufzustehen und endlich wegzugehen, ohne noch einen weiteren Kommentar abzugeben, der alles nur wieder von vorne anfangen lassen würde. – Ja, siehe da, ich rede mich gleich wieder in Rage, sorry, die Sache war schon anstrengend und ging dann eben schief. Es dauerte also jedenfalls nicht so lange, bis sie mich wie alle anderen vorher wissen ließ, ich liebte sie nicht genug. Und weißt du was? Sie hatte sogar recht, auch wenn es der reine Fatalismus ist. Auf jeden Fall konnten wir uns diese komische Sehnsucht nicht vertreiben, die sich in unserer Generation so breit gemacht hat und – da bin ich mir heute sehr sicher – eigentlich nichts andres als ein Heimweh ist. Sie zog dann aus. Das kam mir notgedrungen auch ziemlich normal vor, aber – *[er fängt wieder an zu drehen, jetzt ohne mir anzubieten]* – das war gar nicht jene Normalität, die ich mir vorgestellt hatte als Gegenteil zu meinem wahrscheinlich auch normalen Job, der mich umbrachte beziehungsweise umgebracht hätte, wenn ich nicht aufgepaßt und ihn hingeschmissen hätte. Was vielleicht auch wieder normal war. Ich sagte mir dann, die Zeit, die schon beim New-York-Stipendium gegen mich gewesen war, hat auch hier gegen mich gearbeitet, denn sie hatte sich von ihren Freundinnen ganz schön was einreden lassen, was nun richtig wäre, beziehungsweise vor allem natürlich: was auf jeden Fall ganz und gar falsch ist und so fort, und es war danach so ungefähr alles falsch, was sie mit mir anstellte, so einfach war das, sie konnte gar nicht froh sein mit mir, laut Theorie, und fühlte sich dann gerade in den besten Momenten am schlechtesten, richtig mies und verräterisch fühlte sie sich, glaube ich zumindest, gerade dann, wenn es schön war. Und das mußte ihr das bißchen Selbstvertrauen, das sie mal hatte oder irgendwann einmal gehabt haben muß, endgültig zerstört haben. Und da hatte ich keine Chance, weil, je mehr ich ihr was geben konnte, desto mehr hat sie von mir genommen, wenn man das so platt dahinsagen kann, so lange, bis ich eben einfach am Ende war. Sogar noch, als ich schon ganz am Boden war, wegen der Arbeitslosigkeit und was weiß ich weswegen noch, weil ich von dem letzten dieser haltlosen Vorstellungsgespräche kam zum Beispiel, da raubte sie mich rücksichtslos aus, als ich mich um einen Job bewarb, den ich gar nicht haben wollte – eine Fünfjahresstelle an der FU in Berlin und *Freie Universität!* dachte ich auf dem Weg, *na klasse*, dachte ich, *die Freiheit darf heute auch jeder im Titel führen*, dachte ich und: *wenn du die kriegst, diese Stelle, und in dem Büro verschwindest, für fünf Jahre, dann kommst du da eh nicht mehr raus* –, und dachte außerdem, daß ich keinerlei Ahnung habe, was ich denen erzählen soll. Und dann wurde ich aber brüsk abgelehnt, beziehungsweise gar nicht beachtet wurde ich, als ich da im Büro stand, und es war ganz lächerlich, daß ich entfernt daran hatte denken können, diese Stelle mit meinem Lebenslauf eventuell irgendwie zu kriegen oder eventuell, unter ganz kuriosen Umständen – und ein paar solche Umstände hatte ich mir auf dem Weg dorthin gleich ausgedacht – vielleicht irgendwie eine kleine oder auch nur klitzekleine Chance auf die Stelle zu haben oder haben zu können. Es war, auf dem langen Nachhauseweg und bei Lichte betrachtet, als ich fast eine Stunde Zeit hatte, in der U-Bahn über die Begegnung nachzudenken, einfach ganz lächerlich mit der Stelle, das heißt: Ich war lächerlich – fünf Jahre, dafür war ich viel zu jung! – und noch da, als ich nach Hause kam, zerstört oder desillusioniert, und an die Stelle in Konstanz denke, daß ich sie abgelehnt hatte, weil ich sie nicht ertragen gekonnt hätte, da glaubte sie immer noch, oder erst recht, ich sei irgendwie ein Held, und sie müsse mich deshalb bekämpfen. Oder den Helden in mir bekämpfen, den sie anfangs zwar irgendwie toll gefunden hatte, am ersten Abend, am zweiten auch noch und jeweils in den Nächten, aber danach dann bald nicht mehr, den sie in mir schon deshalb sah, weil ich überhaupt in solchen Auseinandersetzungen stand, die sie übrigens trotzdem und allemal ganz bekloppt und affig fand. Vielleicht gab ich den Helden sogar immer und jetzt erst recht auch selber vor, auch das die reine Hilflosigkeit, kann ich dir versichern! Ich hatte das zum Beispiel mal Freunden erzählt, vom Theater welchen, daß ich eine Assistenz abgelehnt hätte vor kurzem, die sagten sofort: mein Gott, bist du *mutig*, was mich mit Stolz erfüllt hatte, für kurze Zeit stolz gemacht hat – bis ich die Rückseite dieser Äußerung erkannte, die an sich die Vorderseite war, die für die anderen die Vorderseite war, bis ich nämlich das Mitleid heraushörte aus dem *mutig*, das sagte: Icks, unser *Träumer*, unser Icks, *der Idiot!* –

Die Sache entglitt mir auf alle Fälle, und das war

wohl zu der Zeit, als auch sie einen Job anfing und begann, darin unglücklich zu sein. Sie wußte überhaupt nicht, wofür sie morgens aufstand, und glaubte auch nicht daran, es rauskriegen zu können. Falls sie überhaupt daran gedacht hat! Und es fehlte nicht nur mir an dieser sogenannten natürlichen Autorität, auch sie stellte sich pausenlos immer nur selbst in Frage, auch ihre Stelle war befristet, und das Arbeitsamt winkte schon aus der Ferne herüber, ganz bildlich gesprochen, und unser Gefühl, zueinander, ja: ein irgendwie silbernes Gefühl, will ich mal sagen, das schimmerte nicht mehr, es blendete uns jetzt, und wir konnten nichts mehr ruhig ansehen. Sie fuhr jedenfalls fort, mich oder den Helden in mir, den ich vor lauter Hilflosigkeit und Heimatlosigkeit vorgab, im Kern doch noch zu sein, natürlich, und an den ich ja selber nicht glaubte, den also fuhr sie fort zu bekämpfen. Und zwar je wilder, je aussichtsloser es war. Glaube ich, und hatte nämlich begonnen, sie zu demontieren, irgendwann, und das war ein dumpfes Gefühl und ist leider nie zu einem klaren Gedanken herangereift, sonst hätte ich es vielleicht noch stoppen können. Und wenn ich einmal anfange zu demontieren, jedenfalls, wirklich, das kann ich dir sagen, dann gibt es kein Halten mehr. Ich ließ kein gutes Haar an ihr, und was ihre stumpfsinnigen Freundinnen und ihre Eltern ihr nicht genommen hatten, das riß ich nun aus ihrer verlorenen Seele heraus, um das mal so grob zu schnitzen, um meine eigene Haut noch irgendwie ins Trockene zu kriegen. Das gelang mir dann ja auch, und sie zog eines grauen Tages dann endlich und tatsächlich aus. Ich war wieder frei. Ein paar Wochen streunte ich jetzt durch Berlin. Tagsüber, arbeitslos wie ich war, arbeitete ich so gut und viel ich konnte zu Hause *[... steckt sich die fertige Zigarette an ...]* und las und telefonierte und überlegte verkniffen und schrieb Briefe und telefonierte wieder – ich hatte ein paar Kontakte von ein paar kleinen Projekten aus den letzten Jahren, alles nichts Ernstes beziehungsweise nichts Großes – so telefonierte ich, manchmal vergebens. Abends ging ich in die Vorstellungen, das Theater ist wirklich ein schöner Ort, reeller als der Tag, finde ich oft, und ab und zu rief ich auch meine Mutter an, oder sie mich, und das war gar nicht so verkehrt zu der Zeit. Ich bemühte mich auch, ihr das mit der Arbeiterei näher- – ja, mit dem Theater – näherzubringen, und wir kamen zusammen, nach den paar Wochen, sogar so weit, daß sie das Wort *Theater* am Telefon aussprach. Das war eine wirkliche und helle Freude, weil ich, du weißt schon: dieser Kitsch mit dem Immer-hintereinem-Stehen, ja, weil ich dachte, sie steht doch immer hinter mir, egal, was für einen Unsinn ich treibe. Das war also eine helle Freude oder sagen wir: ein helles Gefühl wenigstens, obwohl, das muß ich schon dazu sagen, obwohl ich da auch, wie immer oder fast immer, selbst schon wieder begann, neben mir zu stehen, schon wieder neben mir stand und – *oh yes!* – die fremde Sprache zu sprechen im Begriff war: Auf den Wegen vom und ins Theater ging ja natürlich notgedrungen eine Menge Zeit mit dem Warten auf U- und S-Bahnen drauf, wo du in der Kälte der Stadt stehst, ganz theatralisch, und auch der Whisky nichts hilft, den du allein an einer Bar getrunken hast, und da habe ich nämlich schon manches Mal an Chicago gedacht und daß es ein Fehler war, also so ein richtiger Fehler, wirklich, nicht irgend so ein Fehler, sondern *der* Fehler war, nicht darauf eingegangen zu sein, Chicago ist schließlich auch nicht so schlecht für einige Zeit, dachte ich, und vielleicht war es ja wirklich der Fehler schlechthin, keine Ahnung, nee, woher sollte ich das jetzt auch wissen! *[Er freut sich ohne anzuhalten ehrlich und lebhaft.]* Immer jedenfalls vor allem an den S-Bahn-Stationen, wo man lange wartet und der Wind pfeift, überkam mich das – lieber Gott! –, und zu Hause erst, allein im Bett und mit dem ganzen Körper unter der Decke, war es wieder besser oder natürlich in der Vorstellung, da war ich auch meistens glücklich. Solange das Stück nicht komplett langweilig war. Und jetzt in der stehenden Straßenbahn sitzend und aus dem Fenster auf den trostlosen Adenauerplatz kuckend dachte ich, glaube ich, zum ersten Mal mit Abstand an diese Zeit zurück, so daß mir überhaupt mal bewußt wurde, wie weit das plötzlich alles entfernt war, nicht nur diese Stadt, in der ich da nutzloserweise herumfuhr, sondern auch das kranke Gefühl, das mich hier am Bahnhof empfangen hatte: Juri, Juri, dachte ich, *der* hat ja alles auseinandergehauen, beziehungsweise Barbara war das natürlich gewesen. *[Grinst ein wenig verklärt:]* Die habe ich ja auch vom Theater weggeschleppt. Oder sie mich, jedenfalls spielt sie, und an einem dieser Abende saß ich mit ihrer Truppe – Gott: Truppe! –, ich saß mit denen also in einer Kneipe, und wir quatschen so daher Stunde um Stunde und ich eigentlich die meiste Zeit mit einer Freundin und Kollegin von ihr, die mir – von Barbara, ja –, die mir irgendwas erzählte, ich weiß nicht mehr was, und das liebe ich mittlerweile am Theater, daß es immer derart aufgeregt ist, auch wenn das banal ist oder so klingt, daß die Aufregung immer hinter der nächsten Ecke lauert halt und so weiter. Wir

quatschen und faseln also und trinken natürlich jede Menge dabei und rauchen dazu pausenlos, und ich habe schon die ganze Zeit Babs im Auge, und – Barbara, ja –, und einmal, als es eine Meinungsverschiedenheit über irgend etwas gibt, provoziere ich eine Wette, und sie sagt: Okay, was wettest du? und ich kucke ihr in die Augen – sie hat große, so graugrüne Augen *[Icks hält sich die Hände, halbe Bälle darstellend, vors Gesicht]* –, und ich kucke so extra tief und triefend und sage: Ja, alles was du willst, Barbara! und ihre Freundin ruft ein langes: ooohh! über den Tisch, und sie – Barbara – winkt bloß ab, und ich lache, und sie auch, und der Abend geht nahtlos weiter.
Hinterher sind wir dann ein Stück Weg zusammen gegangen, von dieser Kneipe, und ich bekam eine ellenlange Geschichte über einen der Schauspieler zu hören, auf dem Weg, es war einer der Kollegen, der auch am Tisch gesessen haben muß, in den hatte sie sich nämlich dummerweise verkuckt. Wir mußten vom Südstern zum Hermannplatz, da geht man so vielleicht 15 Minuten, wenn man nüchtern ist, eine U-Bahn-Station ist das, eine lange, und von da fuhr dann mein Nachtbus zum Nöldnerplatz rüber in diese furchtbare Wohnung, an die ich mich schon fast gewöhnt hatte. Wir gehen also, ich weiß wirklich nicht, wie lange

wir gebraucht haben, und sie erzählt und erzählt, von diesem Hans oder wie immer der heißt und daß es nichts würde mit dem und so weiter, bis wir am Hermannplatz sind und mein Nachtbus in 20 Minuten erst kommt. Sie erzählt und erzählt also weiter von diesem Hans oder irgendwas anderes, das weiß ich gar nicht mehr so richtig, weil ich merke da nämlich im Stehen, daß ich so ziemlich blau bin, und sie auch, und mir lief die Nase, und ich dachte die ganze Zeit, wie idiotisch hier am Hermannplatz mitten in der Nacht, und halte mich an ihrem Fahrrad fest, das ich geschoben hatte aus irgendeinem nebensächlichen Grund, weil sie noch eine Tasche zu tragen hatte zum Beispiel. Ich taumle so mit dem Fahrrad herum an der Bushaltestelle und wische mit der anderen Hand, mit dem rechten Handrücken, immer wieder meine Nase ab, die nicht aufhört zu laufen. Barbara erzählt immer noch, was ja sehr nett war, sonst hätte ich schließlich allein in der Kälte auf meinen dusseligen N40 warten müssen, und erzählt, und ich wische und wische meine Nase ab und nehme schon den Handrücken samt etwas Unterarm und denke: lustig irgendwie, und merke, daß ich überfordert bin, hier auf meinen Bus zu warten: mit ihr und in dem Zustand, ihre Aufmerksamkeit in Anspruch zu nehmen geradezu – wo sie sicher auch nur ins Bett will –, oder daß ich doch wenigstens selbst auch unterhaltsam sein könnte, wenn sie schon wartet mitten in der Nacht, und ich kriege aber gar nichts mehr auf die Reihe und wische an meiner blödsinnigen Nase herum, so grob wie betrunken, und höre sie sprechen und sprechen und wische wieder und sehe plötzlich meinen Ärmel, die Handfessel und den Handrücken voll Blut. Es hat Babs an ihren Vater erinnert, sagt sie heute, der habe das auch immer gehabt, jedenfalls ist es mir in dem Moment nur hart am Rande zur Peinlichkeit. Ich überlege eigentlich noch, ob das jetzt peinlich ist oder nur lustig und daß ich ihr seit Minuten nicht mehr folgen kann, ganze Sätze muß ich verpaßt haben, ein ganzes Thema eigentlich, und denke bloß, daß es vermasselt ist, bis ihre Stimme plötzlich in meinem Schädel ist, als wenn sie hinten an die Schädelplatte geknallt wäre und von da schon wieder zurück kommt, die sagt: *Ich habe jedenfalls einen Körper, und der will ein Kind, und das kriegt der auch!* – Nicht, als ob jemand mit der Axt in den Dschungel schlägt, war das, sondern gleich wie eine Handgranate, mindestens, so brachial warf sich dieser Satz ohne jede Übertreibung in mein armseliges, sozusagen trunkenes Dickicht, um eine erste Lichtung zu schaffen. Allerdings ließ ich mir das nicht anmerken, oder ich weiß nicht mehr, was ich da gesagt oder getan habe, ob ich überhaupt was gesagt habe, keine Ahnung, vielleicht habe ich gesagt: auweia, Nasenbluten, oder ähnliches, keine Ahnung, und dann – es war vielleicht eine Minute vergangen oder eine halbe oder ein paar Minuten, und ich fühlte mich noch wie im um mich herum runterprasselnden Dreck und Staubregen der Sprengung, lange noch vor dem freien Blick – da war sie wieder in meinem Schädel und sagt es noch einmal: *Ich habe jedenfalls einen Körper, und der will ein Kind,* und macht eine Pause, oder ich denke die Pause, weil ich auf den Satz warte, auf den Halbsatz, daß er mich trifft, und sie sagt voller Brutalität: **und das kriegt der auch**! Dann kam mein Nachtbus. Ich stieg ein, wir nahmen uns noch kurz in den Arm, über das Fahrrad hinweg und ganz scheu, daß ich ihren Oberkörper nur ahnen kann. Ich steige in den Bus, er fährt los, in die Nacht hinein, und ich wußte jetzt endlich, daß ich noch lebe. *[Ich frage wortlos nach Feuer, da ich inzwischen eine Zigarette fertig habe. Er gibt es mir.]* Im Bus dann durch ein paar abseitige Neuköllner Straßen und rüber nach Lichtenberg, da habe ich wohl nur den einen Satz gedacht: *Kannst du haben* – und daß es so natürlich lieblos klingt. Und jetzt, an diesem Adenauerplatz – vorgestern war das erst! –, da erwachte ich dann, ein weiteres Mal, als die Bahn wieder anfuhr, um mich ein Stück näher an mein Elternhaus heranzubringen. Ich kann nicht mal sagen, wann ich Barbara wiedergesehen habe danach, es verging jedenfalls noch einige Zeit, falls ich mich da nicht täusche, wo mir das nicht mehr aus dem Kopf wollte, wo es überhaupt nicht mehr verschwand, und ich dachte auf alle Fälle – und je länger es dauerte, desto einsilbiger und lauter dachte ich das: JA! Und genau dieses Ja, das heißt: seine Abwesenheit muß es dann auch gewesen sein an diesem blödsinnig beliebigen Bahnhofsplatz und am blödsinnig beliebigen Adenauerplatz, um den die Straßenbahn fuhr, diese Abwesenheit war es, in dieser blödsinnigen und vor allem eben ehemaligen Heimatstadt vorgestern, daß die Abwesenheit mich noch einmal überfallen mußte, dort wo ich vor Jahren, oder jetzt kann ich ja fast sagen: Jahrzehnten, täglich, tagtäglich vorbeigekommen bin und die ewig gleichen Orte unter dem ewig gleichen Himmel nicht mehr ertragen konnte und deshalb den Helden gab, und das auch noch, als ich schon längst in einer sonnigeren Stadt wohnte. Ich hatte es jedenfalls niemals, scheint mir jetzt auf alle Fälle, ernsthaft gesagt: *Ja.* Und jetzt war es gleich derart laut geworden, es schrie geradezu – schrie mich ja beinahe an! *[Ich nicke.]* Und sogar dieser Adenauer sagte mir nicht mal wirklich was, dachte ich jetzt in der Straßenbahn, die Ansage der Haltestelle noch in den Ohren. Früher muß ich da immer taub und stumm vorbeigefahren sein, ohne offenbar an das Minimalste zu denken. – Ja, genau wie an Auschwitz, da hast du recht, siehe da, die Sachen hängen schon so ein bißchen zusammen an ihren insgesamt doch so ungeliebt losen Enden, was? – Möglicherweise spielte das jetzt eine Rolle, weil die Tage, kurz bevor ich mich von Berlin aufmachte, eine aufgezeichnete Rede von ihm kam, ich weiß nicht mehr, wo ich die aufgeschnappt habe, normalerweise höre ich gar kein Radio, aber ich bin ganz schön erschrocken. Es muß nämlich tatsächlich alles anders gewesen sein damals, bei Adenauer, so kann heute nämlich keiner mehr reden, derart ruppig, fast militärisch klang das für mich. Ich will gar nicht sagen, an wen mich das erinnert hat, das klänge komplett übertrieben, auch wenn es mir tatsächlich so ging, und jedenfalls ginge das jetzt keinem mehr durch, dieser zackige Ton, da bin ich ganz sicher, heute ist ja ein ganz anderer Ton dran: die lässige Selbstzufriedenheit, zu der hat sich das Reden entwickelt, selbstentwickelt könnte man sagen, evolutioniert geradezu – im Überlebenskampf: ha! – gegen alles andere, alles andersartige, das vielleicht gewachsen wäre, das hätte gedeihen können, das würde ich nämlich behaupten wollen! Ja, Geschichte – nicht?! – Kuriose Vorstellung, wenn man sich das langsam zusammensucht, bis zum eigenen Geburtstag hin zum Beispiel zusammenklaubt, das finde ich ein gutes Wort dafür, was gewesen ist in den letzten Jahrzehnten davor, beziehungsweise was man kriegen kann von dem, was gewesen ist, was man ergattern kann davon, ohne taugliche Währung sich stumpf zusammenklaut, wie es gewesen sein mag: Das wäre auch ein ehrbarer Beruf! Finde ich. Und ich finde zum Beispiel auch den Gedanken sehr spannend, daß es jetzt so lang nicht mehr dauert, bis der Mauerfall zehn Jahre her gewesen sein wird, das ist ja schon Wahnsinn, und Juri, der ist bald zwei, bis er in die Mittelstufe kommt, sind also so 16 oder 17 Jahre vergangen seit dem Mauerfall. Bis er ernsthaft Geschichte kriegt und darin geprüft wird – um damit die Leistungsfähigkeit seines Kurzzeitgedächtnisses benoten zu können wahrscheinlich –, sind es 20. Wie sieht das dann aus für ihn, wie soll das dann aussehen? Und was kann ich ihm darüber noch sagen außer zusammenhanglosem, sentimentalem Blödsinn, der eben so zusammenhanglos und zufällig ist wie alles andere, was mir in dem Zusammenhang passiert ist?

[Lacht wieder, und wirklich laut.] Wobei das gar nicht stimmt: Wie gestern ist es doch schließlich, der Mauerfall, und wird immer wie gestern bleiben – oder? –, und unverständlich ist, daß man in noch mal zehn Jahren nichts mehr davon weiß...? Meine Eltern dagegen, die sind in den Dreißigern geboren, 34 mein Vater und 33 meine Mutter, die waren bei Kriegsende also gerade über zehn, das heißt: 55, da waren sie 20 – sie haben also irgendwas denken müssen zu der Zeit – und das Kriegsende war für sie genauso weit weg wie für uns jetzt die pathetischen Bilder dieser Novembernacht in Berlin. Und wieder zehn Jahre weiter, 65, war ich bereits da. Schon komisch, daß die über nichts geredet haben, und wir haben ja wirklich kein Wort – wirklich nicht eines – über Auschwitz eben zum Beispiel gesprochen. Und ich habe auch niemals einen Freund davon erzählen hören, daß er es mit seinen Eltern getan hätte, nicht ein einziges einsames verlorenes Mal!! Nie! Das ist doch merkwürdig, komisch, daß das so ist und so bleibt und daß ich heute wirklich nichts weiß, nein? Die haben damals vermutlich mit ihren Eltern wiederum auch überhaupt gar nichts geredet, meine Eltern: Das ist allerdings vielleicht dann ziemlich verständlich, finde ich ehrlicherweise, es gibt ja eine Grenze, wo das Reden nicht mehr erträglich

ist, glaube ich, und auch nicht mehr zu ertragen, wenn man so haarspalterisch unbedingt sein will, wo man dann schon viel eher hoffen kann, daß mal einer aufsteht und sagt, daß es ihn ankotzt, im Weggehen – oder? – Nein, die waren sicher froh zu dem Zeitpunkt um jedes einzelne Wort, das *nicht* fiel am Küchentisch oder auf ihrem rettungslosen Sonntagsspaziergang, das *nicht* gesagt wurde – so stelle ich mir das vor und kriege es nicht anders hin –, weil es nur wieder alles von vorne hätte anfangen lassen, was sie begraben wollten, beide Seiten. Die *müssen* über die Möglichkeit des Schweigens froh gewesen sein, wie man nach einem Autounfall froh sein muß, daß man sich nicht an den Ablauf erinnern kann, daß der Körper über Mechanismen verfügt, einem die direkte Erinnerung zu ersparen. Lebt man auf einem Friedhof, und muß das tun, dann geht es sicher nicht anders, dann ist das bestimmt erst mal ganz richtig, richtiggehend richtig wahrscheinlich, folgerichtig, auch ohne klaren Gedanken, der bloß verborgen bleibt, im Versteck bleibt und da arbeitet: In dem Vergleich fehlen ja nicht bloß zehn Jahre, die ich schon älter bin, als ich endlich einmal etwas zu kapieren kriege, als mir die Geschichte eben, diese Zumutung und Anmaßung, schließlich doch noch was halbwegs Erkennbares hinwirft außer Dickicht

und Leere – beziehungsweise genauer: außer Verachtung, auch wenn es vollkommen falsch ist, das so zu bezeichnen – zehn Jahre älter also, als sie es bei der Befreiung waren oder was immer es darstellte für sie, sondern das eigentliche Kreuz steht halt in *ihrem* Garten, den ich sozusagen deshalb fliehe: So muß es offenbar sein!
Meine Mutter zum Beispiel – und das ist das einzige, das ich von ihr weiß über die Zeit – sagte immer: Wir kamen nach Hause, da war das Haus weg. Ich war ein kleiner Junge, als sie das zum ersten Mal gesagt hat, und kann mich daran erinnern, wie an diese Sache mit dem Lehrer aus Kairo, der Nazi war, oder Nazi gewesen sein soll, beziehungsweise daran, wie sie nach Hause kam nach der Besprechung mit ihm, meine Mutter, und mir mit einer schlecht gespielten Teilnahmslosigkeit berichtete, er habe gesagt, ich hätte *ein ausgeprägtes Gerechtigkeitsempfinden*, und mir das zum Vorwurf machen wollte, was gelang, und zwar dem Lehrer gelang und meiner Mutter gelang, was beiden zusammen also gelang, und zwar bravourös gelang, triumphal eigentlich, denn er arbeitet ja vor sich hin, der Vorwurf, und ich kotze bis heute daran herum – oder genauer: bis vorgestern tat ich das – und bloß mit dem Unterschied, daß diese Geschichte mit dem Haus, das weg war, öfter vorkam

als ein einziges definitives Mal. Sie kam in großen Abständen vor, so ungefähr wie ein alter Freund, zu dem man den Kontakt nicht abbricht, weil man die Jugend zusammen verbracht hat und intuitiv immer weiß, wann man sich wieder mal zu melden hat, zum Beispiel alle halbe Jahre oder alle dreiviertel Jahre oder wenigstens zum Geburtstag noch immer oder wahlweise zum Jahresende, so daß der Kontakt sicher nicht abreißt und man ihn immer als dunkle Wand hinter sich stehen hat. So stand dieser Satz immer im Raum bei uns, und es gab noch einen zweiten in dieser Kategorie zusammenhangloser und sich unverändert zum dichten Dickicht wiederholender Sätze meiner Mutter: Er ging ungefähr so, daß sie meinen Vater damals gefragt hätte – und die Betonung lag immer auf *damals*, wie eine mißglückte Übertreibung oder streng wie bei jemandem, dem es an der entscheidenden Stelle an Plausibilität oder Achtung fehlt und der darum genau weiß, dem es vollkommen bewußt ist, daß man sich von ihm abwendet, wenn er jetzt weiterspricht, und der deshalb verzweifeln will und gerade das aber nicht fertigbringt und jetzt blind weitermachen muß, den Satz halt noch irgendwie zu Ende bringen muß, so lag die Betonung mißglückt auf diesem *damals* – daß sie ihn, meinen Vater, also *damals* gefragt habe, ob er noch ein Viertel Butter mitbringen könne: als Mahnung an uns Kinder wahrscheinlich, daß hier nichts selbstverständlich sei. Vermutlich hat sie nicht das Ziel damit verfolgt, daß wir dem Geld und nicht nur dem, sondern viel schlimmer: dem Genuß jeglicher Art so abgeneigt werden, wie wir es jetzt sind! *[Grinst:]* Ja, Dr. Oetker grüßt, die Sklaverei selbst natürlich, wer sonst! Das lief jedenfalls alles wie ein Film ab vor meinen Augen auf dem Weg in der Straßenbahn vorgestern, auf dem Hinweg in mein Elternhaus mit den Gedanken an Juri und Babs. Dieses Haus steht am Stadtrand, so daß man schon eine Weile fährt erst mal vom Bahnhof aus, und ich wunderte mich dann eigentlich, wenn ich jetzt so nachdenke, daß es mir derart hochkam, daß ich einen solchen Widerwillen überhaupt entwickeln konnte auf der Fahrt, der ersten dahin nach beinahe zehn Jahren: Das hatte es schließlich vorher so nicht gegeben. Vielleicht lag es schlicht nur an dem ausgefallenen Besuch zum vorletzten Geburtstag meines Vaters, über den wir nicht mehr gesprochen hatten, vielleicht weil ich eine Lüge dafür erfunden hatte, warum ich nicht gekommen war, obwohl ich mich bekannterweise ganz in der Nähe aufgehalten hatte und ja auch schon gesagt hatte, daß ich wohl kommen wollte und ja auch eh kommen sollte. Das stand ja immer im Raum, daß ich nie käme, das haben sie sowieso schon immer behauptet, daß mir das alles, die Familie und alles, so furchtbar scheißegal wäre. Und jetzt hatte ich eine Lüge auf eine Postkarte geschrieben, wirklich, daß ich keine Zeit mehr gehabt hätte am Geburtstag, weil dieses Theatertreffen länger gedauert hatte, wo ich mit neuen Freunden war, die sie nicht kannten, deren Namen sie nie gehört hatten und nur wußten, das waren *Künstler*. Und wenn *ich* das gesagt hätte: Künstler, hätten sie gedacht: sicher, dafür halten sie sich – Künstler! – beziehungsweise hätte ich zumindest gedacht, daß sie es denken. Oder vielleicht auch nur, weil es so als Fakt im Raum stehengeblieben war, daß ich wieder nicht gekommen bin – wo das *wieder* bewiesenermaßen auch gelogen ist oder auf alle Fälle früher schon gelogen war, jahrelang, bevor es dann tatsächlich eines Tages stimmte, daß ich *wieder* nicht gekommen sei, und ab da immer mehr stimmte – wie die Arbeitslosigkeit im Raum stehengeblieben war und der Wunsch meiner Mutter, sie nicht zu erwähnen, im Raum stehengeblieben war, weil auch der Sache wieder ein Kreuz gesetzt worden war, das man schon hätte ausreißen müssen mit allem Willen und aller Kraft oder so umrennen, oder wegen dem ganzen Wald voller Kreuze, der unsere Familie ausmacht, was weiß ich. Oder vielleicht schlicht nur wegen der beinahe zehn Jahre, die ich nicht nur nicht dort gewesen war, sondern die ich ja schließlich anderswo auch zugebracht habe, ja: *zugebracht* größtenteils, *leben* will ich da wirklich nicht in den Mund nehmen, *leben* gilt ja jetzt erst – falls das nicht schon zu obszön klingt.

Und wenn man so zugeschüttete Erinnerungen, alte Erinnerungen sozusagen, mit echten Bildern konfrontiert, dann sind die Orte plötzlich bedrohlich klein, stimmt's? Eine Hofeinfahrt, in der man als Kind Fußball gespielt hat zum Beispiel, oder eben so ein Vorplatz vom Bahnhof, ein Bahnhofsplatz oder Bahnhofsvorplatz. Ja? – Eben! Ob *das* den Impuls gegeben hat? Jedenfalls lief tatsächlich der Film ab vor meinen Augen, mit dem Gefühl des Abschieds von dieser Stadt damals, den Vorstellungsgesprächen in Köln, München, Hamburg und weiß der Teufel, wo ich noch überall hingefahren war von da aus – genau: nach Tübingen und so weiter, das war im Film drin, und dann natürlich die Zeit seitdem, gerafft, genauso grobschlächtig wie im Film oder meinetwegen einem Roman, indem sich einfach bloß Entscheidendes an Entscheidendes reiht, ja, Entscheidungen in ihre Reihe gerückt werden – *meine* Entscheidungen:

großer Gott! –, wie ich es so klar noch gar nicht getan habe bis zu dem Zeitpunkt. Sitze ich da als junger, komplett glücklicher Vater in der Bahn, kann nur aus dem Fenster kucken und warten, daß sie mich in mein Elternhaus transportiert, Haltestelle für Haltestelle. Ich habe schon einen Teil der Stadt im Rücken, auf deren anderer Seite die Uni liegt, wo ich mich in einem harten bis sehr harten Studium jahrelang auf etwas vorbereitet hatte, angeblich, das ich dann schnell, kurz nach dem Ende der Vorbereitung, das mit dem endgültigen Verlassen der Heimat zusammenfiel, hingeschmissen hatte – wenn auch bloß hingeschmissen hatte wegen der unmöglichen Bedingungen, der sturzdummen Bedingungen, die sie unbedingt an meine Arbeit knüpfen zu müssen glaubten – was, sitze ich da als junger, komplett glücklicher Vater in dieser Bahn, und als arbeitsloser Akademiker und potentiell dann vielleicht am Ende doch aussichtsloser Möchtegern-Regisseur dazu, die mich Stück für Stück in mein Elternhaus zurückbringen sollte, in dem ich – na klar: welche Dummheit konnte mich nicht daran denken lassen – wieder zum dummen Kind gemacht werden sollte, in dem man mir eine belanglose Frage stellt und mich ruhig und demonstrativ gelassen antworten läßt und dann drauf bloß schweigt, in simpelster

Weise nichts darauf sagt – indem man mir *nichts erwidert* – und sie im Raum stehen läßt, meine belanglose Antwort, und schweigt und auch nicht grinst, weil das die Lakonie stören würde, die es doch immer braucht für solche Effekte, ja, sondern schweigt und schweigt, um damit zu fragen: Und, was hast du erreicht? – Schlechtgelaunt, zumindest äußerlich schlechtgelaunt würden sie anschließend zum Essen übergehen, da ich ja natürlich wie erwartet keine Antwort zu geben in der Lage war, keine ernstzunehmende auf alle Fälle, obwohl ich 33 bin und also direkt auf die 40 gehe, wegen dieser dusseligen 33, und nicht mehr wirklich viel Zeit habe, bis ich mich mehr oder weniger endgültig ankucken muß, bevor es mein Sohn tut. Und in mein Schweigen oder, egal, in mein Reden hinein würden sie dann kauend sagen, am Tisch, wie nebenbei, wie man so mit der Hand eine lässige Geste hinschmeißt, in einer Mischung aus vollkommener Gleichgültigkeit und gleichzeitig sich selbst noch als total weltläufig hinstellend, als Nominalität sozusagen, und zwar voller Stolz, auch wenn sich das eigentlich komplett widerspricht, als kaum der Rede und Mühe wert also – weil es eh klar sein müßte, was sie sagen wollen, wie es dazu noch klar sein müßte, daß es den anderen selbstredend heiß interessiert, nämlich mich – würden sie mir also wie nebenbei aber um so gewichtiger sagen: *Das weißt du doch, daß wir dieses Jahr Weihnachten wieder in Gran Canaria sind?* – Verstehst du, ich platze schon, wenn jemand *in* Gran Canaria sagt statt *auf* Gran Canaria, und wenn sie es mit ihrer herzzerreißenden Ignoranz sagen, die sie sich stoisch leisten, weil sie immer das letzte Wort haben, das sie nur deswegen haben, weil sie es sich stoisch leisten – so ist es doch! – und in der Voraussetzung, es würde einen was angehen, zum Beispiel mich, der ich ja bloß froh bin, daß ich nicht kommen muß, Weihnachten, beziehungsweise nicht schuld bin an der Trennung zu Weihnachten, dann bin ich schon beim *kotzt mich an*, vollkommen egal, was dann sonst noch vielleicht einigermaßen Akzeptables hinterherkommen mag. *[Er atmet aus und nimmt einen großen Schluck aus dem Glas.]* – Die Uni also im Rücken, Richtung Kindheit Stück für Stück vorwärts ruckelnd, kommt mir da natürlich Konstanz in den Sinn, wo ich nach Köln, München, Hamburg und Tübingen, und weiß der Teufel wo noch ich mich vorgestellt hatte, und dann schließlich auch hängen geblieben bin, in Konstanz jetzt, aus vielleicht irgendeinem Grund oder bloß so oder aus blödem Zufall oder als Folgerichtigkeit, weil ich nichts Schlichtes oder Gutes dulden konnte und immer Umwege gesucht habe, um Berlin zum Beispiel zu dem Zeitpunkt noch – weil ich da *nicht* hinwollte zu dem Zeitpunkt, obwohl ich wußte oder ahnte, dunkel ahnte natürlich, wie ich jetzt weiß, daß genau dort das Leben ist, ganz trivial und pathetisch, oder meinetwegen trivialpathetisch – und wo ich mich umbringen wollte, in Konstanz, oder vielleicht sollte ich sagen: wo *es* mich umbringen wollte, das Schöne vielleicht, das schlichte Gute, das ja doch überall vorhanden ist, oder versteckt ist und sich aufdrängt und hineindrängt in alles, wenn es nicht immer gleich albern, kindisch und halt eben bloß lächerlich klänge. Scheiße, ich habe auch ein Recht auf meine Tragik! *[Icks leert seinen Whisky.]* Oder?? *[... Ich bin jetzt überfordert und halte inne ...]* Außerdem ist mir ja klar, *wie* albern das alles ist! Und daß es obendrein gelogen ist, ist mir noch viel klarer, was denkst du denn, das kann ich dir sagen. *[Ich weise auf den Tabak hin, und wir beginnen wieder zu drehen, wodurch eine Pause entsteht. Dann:]* Man weiß ja schließlich nie, wie nah man dran ist, und denkt eben immer, jetzt ist man ganz nah, und dann ist es das Deprimierendste überhaupt, daß alles schlicht weiterläuft, alles weitergeht ohne jede Rücksicht, ohne Rücksicht auf einen selbst: das Leben – stimmt's? – und man war gar nicht nah dran. Und zwar weder am Leben noch am Tod. *[Lacht. – ...]* Lächerlich, hochgradig lächerlich, jemandem davon erzählen zu wollen, der keinen Whisky getrunken hat, was? Das ist so klar wie jener Gedanke vom reinen, eintönigen Glück auf dem banalen Bahnhof vorgestern, als es zu regnen anfing, auf dem Bahnhofsplatz oder Vorplatz, und dann in der Bahn, zwischen allen Zeiten, in dieser halben oder dreiviertel Stunde der Straßenbahnfahrt, wo die Zeit praktisch aufgehoben war, hast du dein Leben plötzlich als einen Haufen Puzzlestückchen auf der Handfläche liegen und lächelst sogar: Wie kommt es bloß, daß ich jetzt der und der bin? Ja, Theatermensch, aber – ja, ich bin tatsächlich etwas vorangekommen mittlerweile und traue mich das manchmal so zu sagen: Theatermensch –, aber eine richtige Leiche habe ich auch noch im Keller, was glaubst du? – Musik! Ja, lach nur! *[Lacht selbst...]* Natürlich, mit jeder Flugstunde werde ich reißender hier, keine Frage, erst das mit dem Selbstmord, große Güte, und jetzt verhinderter Musiker, was? Aber meine Schuld ist das wirklich nicht, wenn der liebe Gott mir das so ins Hirn hineinlegt, es da auslegt sozusagen, daß ich dann drüber stolpern soll, ich: der Gescheiterte! Nein, ich glaube, vermutlich ist es tatsächlich bloß folgerichtig, daß die Erinnerung an die Sache mit der Musik jetzt an diese Stelle hier kommt: Meine Eltern, diese Verbrecher, hatten nämlich, als ich Kind war, und das zählte zu meinen allerersten Erinnerungen, also zu den am meisten entfernten Erinnerungen, immer gesagt, wir seien nicht musikalisch. Es ist eine von diesen Erinnerungen, bei der man nicht genau weiß, ob man sich an die Situation selbst oder an eine Wiedererzählung der Situation erinnert, so weit ist sie entfernt. Obwohl, eigentlich bin ich sogar sicher, daß sie es so oft gesagt haben, daß es keine Rolle mehr spielt, ob ich mich an das erste Mal erinnere, wo sie es gesagt haben, oder an die Situationen, wo sie sich selbst damit zitierten, daran, wo es sich schon verselbständigt hatte und zum stehenden Wort geworden war. Heruntergebetet haben sie es nämlich, in meiner Erinnerung wenigstens – und die kommt ja nun auch irgendwoher, das muß sie ja, notgedrungen – wurde der Satz aufgesagt wie so ein Reflex – wie heißt der noch? ... genau – wenn das Thema Musik nur in ihre Nähe zu kommen sich anschickte, immer mit so einem zufriedenen Lachen, das nach *ach Gottchen!* klang und mich schon damals irritiert hat: Wir sind nicht musikalisch – Punkt. – Zum Beispiel in der Mittelstufe, ich war also ungefähr, na, sagen wir elf oder dreizehn, und bekam den ersten Musikunterricht, und, ich weiß nicht warum, sie sagten es sofort: Wir sind nicht musikalisch. Mir war das sehr recht, als das Kind damals, das ich war. Denn in allen anderen, das heißt in fast allen Fächern, außer eben in Musik und in Sport und so weiter, wurde ich, gelinde gesagt, unter Druck gesetzt, unter Leistungsdruck, und dann waren wir eben nicht musikalisch, und das hieß, in diesem Fach hier brauchte ich nichts zu tun. – Was? Findest du? Nein, ich will dir was sagen: Wenn ich jemanden auf der Straße singen höre, also jemanden, der singen kann, wenn ich so was höre oder vielmehr: wenn es ich *sehe*, daß jemand singt, wenn jemand Musik im Körper hat, wenn ich jemanden *singen sehe*, dann schießen mir einfach die Tränen in die Augen. Nein, vor Traurigkeit. Nicht, weil ich das toll oder schön oder anrührend fände, die Tränen. Bestimmt nicht, für so was bin ich viel zu grob. Nein, ich sah zum Beispiel einmal eine Putzfrau in einem hohen, kahlen Treppenhaus singen, und sie sang wirklich schön und wußte das Treppenhaus als Klangkörper zu benutzen in ihrer, wie ich fand, nicht so tollen Arbeit. Das war schlicht und theatralisch, es war schön! Oder letztens sang plötzlich die Freundin von Babs, eine andere, eine ihrer vielen Freundinnen halt, sie sang einfach so los, in einem Hinterhof zu einem Freund hoch, der aus dem Fenster kuckte, die konnte das auch ziemlich gut, fand ich zumindest, wie ich so daneben stehe. Ich fühlte mich bloß einsam und armselig, weil ich niemals, nicht einmal in meinem Leben gesungen habe, soweit ich mich erinnern kann: Es ist genau wie mit dieser komischen Stadt und diesem ganzen komischen Land, an das ich keine Erinnerung habe, obwohl ich angeblich in ihm lebe, um jetzt haltlos zu übertreiben, meinetwegen *[... macht die wegwerfende Geste ...]* – ich kann mich nicht daran erinnern, daß ich einmal gesungen hätte. Oder daß ich gesungen hätte, ohne mich dafür zu schämen. Oder so ähnlich, ja, keine Ahnung, verstehe ich auch nicht, aber so ist es. Ein ganz klarer Gedanke! Ja. Eine Gewißheit sozusagen, bei aller Vorsicht, weil später, sehr viel später habe ich dann herausgefunden, daß es vollkommener Blödsinn war, wir seien nicht musikalisch, jedenfalls für mich stimmte das nicht, nicht mal im Ansatz, und das kann ich natürlich mal wieder nicht wirklich beweisen: nichts Neues also. Wir haben aber sogar einen Berufsmusiker in der Familie gehabt, im letzten Jahrhundert irgendwann, das erfuhr ich von meinem Großvater, der übrigens Jurek hieß und im Krieg war und in der NSDAP, aus der er austreten wollte, beziehungsweise sich ausschließen lassen wollte, wie er mir mal erzählt hat, das ist aber noch eine andere Geschichte, und abgesehen davon, daß es das schließlich überhaupt nicht gibt: Man sei nicht musikalisch. – Das existiert nicht! – Ja, natürlich sagte ich mir, daß es eine billige Entschuldigung ist, ja, und sage mir das noch heute – na und? –, außerdem behandle ich das wie die Sache mit dem Fußball: Ich habe es abgehakt. Beziehungsweise wieder eins von diesen Kreuzen gesetzt, mit denen jetzt alles schon vollsteht, mittlerweile, und wieder eines, das immer größer und bedrohlicher wird, gerade wenn man es nicht ansieht, wenn man es nicht *liest* und auf es hört: Es erzeugt auf Dauer das simple und dumpfe Gefühl, daß das noch nicht alles sein kann, diese Geschichte mit der Leugnung, der Musikalität diesmal, und daß da noch was ist, darüber hinaus, oder darunter verborgen, wie du willst, daß etwas Wesentliches stört, brutal zerstört, immer und fortwährend, doch, das heißt immer und zuverlässig alles wegnimmt, und dann fiel mir im lästigen Tagtraum ein Bild ein, wie sie mich in Variationen immer überfallen, sobald ich eine freie Minute habe. Da steht im Tagtraum mein armer Vater vor dem Fernseher, in dem jemand Gitarre spielt, also E-Gitarre spielt, und das mit Hingabe, und mein Vater baut sich so ein bißchen auf vor dem Fernseher, an dem er zufällig vorbeikam, und sagt, gar nicht mal direkt

zu mir, eher so in den Raum, und zwar mit einem unglaublichen Abscheu in der Stimme und genau dieser unglaublichen Selbstgewißheit, die mir immer fremd war und gefehlt hat oder fast immer und nur mit Ausnahme der erfolgreichen Zeit des jungen Mannes, der Zeit, wo ich mich als erfolgreichen jungen Mann handhabte, weil es noch vor mir lag, das erfolgreiche Leben, und die auch meiner letzten Geliebten vor Babs gefehlt hat: diese merkwürdige und zur Gänze bodenlose und schamlose Selbstgewißheit, mit der mein Vater also den Kopf schüttelt, mit einer wirklichen und zur Gänze unverstellten, ehrlichen Verzweiflung über den Musiker sagt: Der kann ja nicht ganz richtig sein.
Die Betonung seiner totalen Gewißheit lag auf *kann*, und mit dem einen Satz war die ganze Sache für ihn erledigt: Sie war nicht richtig, also war sie falsch. Er hat das nicht böse gemeint, nicht im geringsten, oder irgendwie absichtlich sich da hingestellt und das gesagt und so weiter, und ich nahm ihm das auch nicht übel oder ähnliches, ich kam sicher, ganz sicher nicht mal auf die Idee, ihm das übelzunehmen, von ihm persönlich mich zu distanzieren – meinem Vater! –, aber das Problem war ja natürlich, daß diese Musik mir schlicht aus der Seele sprach. Ich wußte damals, da war ich 14,

genau, daß ich diese Musik noch oft hören werde, ich wußte sogar etwas sehr sehr Seltenes noch: daß diese Musik im Moment zu groß für mich ist und daß ich es in ein paar Jahren noch einmal probieren müsse damit. Auch das brachte mich wahrscheinlich zum Schweigen, eine Wortlosigkeit, die ich davor noch heute habe und die nur das klare Gefühl, der klare Gedanke ist, daß diese Musik keiner Kommentare mehr bedarf. Ich will ja nicht übertreiben, aber mit Glückseligkeit hat das schon zu tun, wenn etwas das Leben selbst ist, beziehungsweise wenn einem sozusagen das Leben in Gestalt begegnet und man daher das sonderbare Gefühl bekommt, es wäre eigentlich echter als das Leben selbst. – Hm? – Ja, das war Jimi Hendrix. *[Lacht... und winkt ab...]* Meine letzte Geliebte vor Barbara mochte ihn ja natürlich auch nicht, wegen der Gewalt auf der Bühne und so weiter, aber weißt du, was er zu den Vorwürfen gesagt hat, er würde nur von Gags leben? Gags, hat er gesagt, die ganze Welt ist nur ein Gag, Napalmbomben, brennende Menschen im Fernsehen, alles nur ein Gag: Das machen wir auch. Dann hat er gegrinst, und diese Musiker sind ja ein bißchen wortkarg, und er ist ja auch jetzt schon wieder Geschichte, getroffen hat er es aber wohl doch, finde ich. Also fürs

Theater, wie ich mir Theater jedenfalls denke, ist damit eigentlich so ziemlich alles gesagt. Wenn man so daherreden könnte jedenfalls. Ich verstehe wahrscheinlich so viel auch wieder nicht davon, und solange ich arbeitslos bin, klingt es eh lächerlich, wenn ich dann auch noch herumphilosophieren und herumtheoretisieren muß. Beziehungsweise nicht auch noch herumphilosophieren und herumtheoretisieren muß, sondern vielmehr erst recht herumphilosophieren und herumtheoretisieren muß, würde man wohl sagen! Immerhin war das schon sehr früh eine Liebeserklärung in meinem hilflosen Kinderköpfchen, finde ich, an diese Musik, die da in mir heranwuchs, und jedenfalls, worauf es ankommt, das sage mir mal: Was gibt es wohl Schöneres im Leben, als eine Liebeserklärung zu verfassen? – Ja: Pathos! Ja, hätte ich damals also etwas sagen sollen, zu dem eindeutigen Gefühl und dem dumpfen, unklaren Gedanken, daß etwas tatsächlich *falsch* war mit meinem Vater, dem für das Kind doch notwendig einzigen, und mir vor dem Fernseher und Jimi Hendrix da drin, falsch war und fortwährend wegnahm, das heißt störte, zerstörte und so weiter? Dabei bin ich ganz sicher, daß sie nicht etwa einen allgemeinen Horror vor dieser oder irgendeiner Musik hatten, dazu sind sie nämlich viel zu bequem: Horror, oder sie haben ihn eben schon hinter sich, mit den Häusern, die weg waren und so weiter, den Eltern, *ihren* Eltern, mit denen lieber kein Wort geredet wurde, sondern sie haben so etwas wie diese Musik einfach nicht in Betracht gezogen. Das war alles. Es gab sie schlichtweg nicht für sie, obwohl sie sie vor Augen hatten, und das kann man ihnen wohl kaum vorwerfen oder jedenfalls nicht so richtig. Ich sagte dementsprechend gar nichts dazu und vergaß es halt, wie gesagt, wie eine dunkle Ahnung, die immer schlimmer und bedrohlicher wird, je mehr man sie vergessen will, setzte das Kreuz also wieder, und das war das Verbrechen und eines, das keinen Täter hatte, wenn man es unbedingt so hindrehen will: *Das spielt keine Rolle.* Nur daß es so vonstatten gegangen war, das spielte eine Rolle auf dem Weg zu dem Haus am Stadtrand, meinem Zuhause, das es niemals war, das es nie gegeben hatte und nur ein Fehlplatz war und ein sich ständig aufdrängender dazu, mein einsames Dickicht der Leere, und es spielte auch keine Hauptrolle, dieser lange schon begrabene Wunsch nach Musik, die mein Leben hätte ausmachen sollen, hätte ausfüllen sollen und selbst hätte werden sollen: eine Identität im ganz mathematischen Sinn wahrscheinlich sogar, *Glück* eben, nein, mit Wehmut habe ich daran gedacht,

zurück an die Zeit, die jetzt ja zu einem anderen, vergangenen Leben gehört, wenn dies gräßlich unverhohlene Wort doch mal herhalten soll für etwas, das so nicht war.
Die Straßenbahn bewegte sich schon sehr ernsthaft auf den Stadtrand zu, und das Haus kam also sehr ernsthaft näher, ich sah schon die Sackgasse vor mir, an deren Ende das Haus liegt, die Einfahrt tauchte langsam vor mir auf oder wie ich sie mir vorstellte, und ich fragte mich, ob es ähnlich würde wie am Bahnhof, als ich auf den Platz getreten war vor einer halben oder dreiviertel Stunde, und die Haustür sah ich in ihrem mittelmäßigen Beizbraun, die kunstvolle, auch bräunliche Verglasung rechts und links, die pittoresk gemeinten Pflastersteine der Einfahrt mit ihrem falschen Muster. Ich denke, wenn ich es jetzt so ausmale, daß ich schon den dünnen Kaffee roch, der mich erwartete, und die Maschine dazu blubbern hörte, die ihn herstellen würde, wenn mich überhaupt etwas erwartet hat, abgesehen von der Verlogenheit, die mich natürlich erwartete, wie gesagt, und dem Regen beziehungsweise Nieselregen und dazu passenden schmierigen Naß auf allen Steinen und Scheiben. Was für eine Humorlosigkeit, habe ich im Ernst gedacht, und dies Bild rausgeholt von Juri, das mir seine Kinderkugelaugen vorführte, wie sie

einen ansehen, als wenn nichts wäre, nie was gewesen wäre, außer ihm sozusagen. Oder wahrscheinlich vor ihm! Überhaupt Humorlosigkeit, ja: angefangen vom militärischen Ton in dieser zufälligen Rede von Adenauer bis hin zum Gram meiner Mutter über das Haus, das weg war, beziehungsweise dem Gram darüber, daß es niemanden interessierte, daß mal ein Haus weg war oder die Butter knapp – ihrem verständlichen Gram: meinetwegen! –, nicht nur gab es keine Musik, die man ja sogar auf der Totenmesse spielt, in meinem Kinderleben, wir haben auch nie gelacht, behaupte ich, nie ernsthaft jedenfalls frei gelacht, oder warum tut jetzt meine Erinnerung ohne jede Zurückhaltung wenigstens wieder so? Nein, Spaß oder auch nur Freude war sicher nicht die konstituierende Größe zu Hause, genausowenig wie das Wissen um die Hilflosigkeit oder das Heimweh oder eine abgrundtiefe Zuneigung zu etwas, *und ganz egal zu was überhaupt*, und es wird wohl niemanden geben, der behaupten will, daß es im Land anders ist, seine Ausstrahlung, bis heute, oder? Aber wirklich, Ausnahmen gibt es eben doch, glaube ich, und vor allem: man hat eben schon die Freiheit, nach einer zu kucken! Einmal bin ich zum Beispiel mit Barbara über die Oberbaumbrücke gelaufen und war so richtig verliebt an dem Tag, wie das so ist, wenn man sich schon morgens komplett besoffen fühlt, obwohl man tagelang nichts getrunken hat, und das Fabulieren anfängt. Wir gehen so über die Brücke, weil wir auf der anderen Seite in die S-Bahn wollen und zum Baden fahren nach Wandlitz, die Sonne scheint, und vielleicht reizt mich ihre Schweigsamkeit, oder ihr Achselgeruch ist heute wieder so stark – ich habe mich gegen ihre Sexualduftstoffe nie wehren können. Irgendwas muß auf jeden Fall gewesen sein an dem Morgen, und ich bin wirklich wie angestochen, und wir gehen über diese Brücke, da hast du einen ganz merkwürdigen Blick: Die Stadt öffnet sich vor dir und hinter dir, und dann öffnet dein Herz sich gleich mit, und wir schlendern, die Sonne scheint dazu und so weiter, und am Ende der Brücke, vielleicht wollte ich nur dieses schöne Gefühl irgendwie einen Moment festhalten, dieses angenehm Benommene – ganz egal! –, da nehme ich Babs von der Seite in den Arm, etwas ungelenk, da sie sich nicht hineingibt in die Bewegung, und sage in lustigem Ton: Es sei so eigenartig, sie habe überhaupt keine Fehler. Barbara räuspert sich erst, fast macht sie sich frei, und sagt dann definitiv nichts dazu. Wir verlassen zwangsläufig die Brücke und gehen die Warschauer Straße hoch, und erst oben in der S-Bahn, oder ich glaube sogar nach dem Umsteigen am Ostkreuz und einiger Fahrt Richtung Norden erst, wahrscheinlich erst beim zweiten Umsteigen in Karow, macht sie einen Vorwurf aus der Sache und wirft mir Fatalismus vor! Ich sei ein Fatalist! – Ja. *[Er bestellt die nächste Runde Whisky, ohne mich zu fragen.]* – Es war dann glücklicherweise nicht so, daß der Tag versaut gewesen wäre etwa, mit uns herum trugen wir das aber schon, und eine Stunde später liegen wir also im Strandbad, Wandlitzsee, und ich hatte mir gleich schon wieder ein Bier geholt und war jetzt wirklich benommen, der einzige Zustand, in dem ich Sachen wie diese zu fassen kriege, vielleicht, oder mir zugestehe, etwas zu fassen kriegen zu sollen oder müssen! Natürlich beteuerte ich zwischendurch schon mal, das vollkommen ernst gemeint zu haben, aber Barbara tat das ab und sagte schließlich, es sei indiskutabel, und sie wünsche nicht so herabwürdigend betrachtet zu werden: Auch wenn sie andere Worte dafür gefunden hat, umstandslosere als ich jetzt hier in meinem haltlosen Gefühlsdusel, war das so ungefähr ihre Aussage, die sie auch sehr gelassen vortrug beziehungsweise in einem Ton, der sehr wohl die Wertschätzung in sich trug für das Wohlwollen, das ich ihr hatte entgegenbringen wollen, eigentlich – und so weiter – mit meinem Satz über ihre Fehlerlosigkeit, die Wertschätzung für unser vom Himmel gefallenes Wohlwollen überhaupt, *unser Wohlwollen*, das ich vielleicht unbedingt und überflüssigerweise in Form hatte gießen wollen, das heißt in Worte fassen mußte, weil ich es gar nicht fassen konnte vermutlich – so klingt es mir wenigstens nicht falsch –, das uns am Hermannplatz oder wann getroffen haben muß: unsere Liebe. Ich ging dann erstmal ins Wasser und schwamm weit hinaus und dachte, daß ich ihr das lieber nicht sage – gut auch, daß sie hier nicht zuhört –, denn die Proklamation macht ja immer alles kaputt, und der Tag, unser Tag im Strandbad Wandlitzsee, der mit dem Schlendern über die Brücke begonnen hatte, schlenderte irgendwie nicht komplett unangenehm so vor sich hin. Wir redeten so dies und das – über Zukunft und so weiter, weil, ach so ... ja: Juri war da unterwegs und beulte sich schon etwas aus ihrem Bauch heraus –, über das Wohnen vielleicht und ähnliches. Das Eigenartige oder Eigenartigste mit so einem Kind ist ja, finde ich, daß man die ganze Zeit sowohl vollkommen im Moment lebt wie auch total long scale, sozusagen, vollkommen auf Zukunft lebt: *gleichzeitig beides* – total komisch. Und wunderbar! Und es gab dann auch viele ruhige Momente an diesem Tag in Wandlitz und der Rückfahrt in die Stadt. Ich konnte nachdenken, auch das ziemlich gelassen, ich weiß nicht wieso, und dann sind wir essen gegangen, durch den Prenzlauer Berg gelaufen und so weiter, haben noch was getrunken und eine geraucht, und ich wendete und wendete ihren Einwand und fand ihn immer richtiger, sie hatte ja auch Fehler: Wie hatte ich das vergessen können! Mir fiel der eine Fehler ein, ihre Ruppigkeit, die schon mal verletzt, beziehungsweise: den hat sie, glaube ich, sogar selbst genannt, als einen Fehler, auf dem sie besteht sozusagen. Aber ihre absolut durchschnittliche Erwartung, immer am Bahnhof abgeholt zu werden, fiel mir zum Beispiel ein, weil ich es nicht gleich gemocht hatte und mir erst aneignen mußte für sie, und die blödsinnigen Haushaltsfragen, wer macht wann was, das hatte es ja auch schon gegeben, oder daß sie morgens gern laute Opern oder aber Punk hört, was beides nur in Ausnahmefällen in Ordnung ist. Ich sage also so nebenbei einmal, du, du hast recht eigentlich, so fehlerfrei bist du auch wieder nicht, und grinse. Und sie grinst eben auch leicht und kann das also annehmen, und unser Abend geht weiter, und ich denke noch mal nach und finde noch mehr Fehler, ihre Schlampigkeit in der Küche, die grenzenlos viel blödsinnigste Arbeit verursacht, Sekundärarbeit sage ich immer, wenn ich kein Feuerzeug finde am Morgen und Kaffee kochen will, oder daß sie sich nicht für Politik interessiert und beim Fußball Kommentare abgibt, obwohl sie nichts davon versteht. Es wird ein ganzer Berg von Fehlern plötzlich, ihr unruhiger Schlaf fällt mir ein, der mich nachts aus dem Bett treibt, vor allem aber ihre früheren Geliebten und was sie mit denen, soweit ich es weiß, veranstaltet hat: alles Katastrophen, eine schlimmer und unverständlicher als die andere – nicht bloß die Sache mit diesem Hans – und sie durchaus natürlich nicht unschuldig daran. Ihr Wunsch, Großmutter zu sein schließlich, den ich für die reine Lebensangst halte, komisch: Es lächelt in mich hinein, was ich da denke, und sage zu ihr, kurz bevor wir wieder zu Hause sind: Du, wirklich, eigentlich bist du der vollständige Fehler! Und sie? Lächelt!! Am nächsten Morgen dann beim Aufstehen begrüße ich sie sozusagen als Fehler, so ungefähr: *hallo Fehler*, sage ich mit meiner reichlich mittelmäßigen Witzigkeit und bloß weil es noch arbeitet in mir, und mache Kaffee und wiederhole es ein paarmal, ich reite manchmal so gern auf solchen Sachen herum und schmecke sie dabei in allen Nuancen ab, drehe und drehe sie, bis nichts mehr dran ist und niemand mehr zuhört – ein echter Fehler, im Ernst! *[... kuckt mich kurz mit stechendem Blick an ...]* –, und sie lächelt, und ich höre dann doch auf damit, und dann sagt sie, sie fühle sich so schon viel wohler: als Fehler. – Wenn *das* nicht Fatalismus ist! brülle ich natürlich triumphierend durch die Küche, instantan und rückhaltlos, und rufe das ein paarmal laut durch die Zimmer und halte *das jetzt aber in der Tat* für einen Fehler: selbst unbedingt einer sein zu wollen, und sage: auweia, wenn das mal nicht schiefgeht mit dieser Familie, wenn wir erst mal so richtig abhängig sind voneinander, und sie spielt mir locker den Ball zurück vor die Füße, sagt bloß: Das weiß ich doch nicht, was ein Kind mit mir macht! – Sie hatte recht, oder? Was sollte ich sagen, wir konnten ja kaum wissen, was uns bevorsteht: Darauf haben wir abends eine Flasche Sekt aufgemacht. Sie durfte zwar nur einen Schluck nehmen, und damit war die Sache erledigt beziehungsweise das Gegenteil eben: eröffnet war sie – der ganze, alles entscheidende Unterschied –, und, das wollte ich sagen, wir haben darüber gelacht und uns wohl auch mit den gemischten Gefühlen trotzdem gefreut auf unser Abenteuer wie Kinder auf eine Sommerfreizeit. – Ich hatte mich töten wollen? – Danke. *[Die Gläser sind gekommen.]* Noch jetzt in der Straßenbahn ist das nicht aussprechbar, aber das Gefühl von damals hellwach: das Lebensgefühl. Okay, die Bahn kommt dann tatsächlich an, irgendwann mußte auch diese Straßenbahn einmal ihr Ziel erreichen *[... er hüstelt, und es scheint, daß Icks kalt ist ...]* und fährt eine Kehre am Ende, und wenn sie wieder in Fahrtrichtung Stadt steht, hält sie. Ich steige aus. Im Kinderland gehe ich die ersten Schritte, was, biege in die Straße ein, zum ersten Mal seit zehn Jahren, mein alter Schulweg. Die Straße geht den Berg hinunter, nicht steil, den Höhenzug vom Teutoburger Wald hat man aber im Rücken. Als wir neu gewesen sind, früher, hat es nicht mal Bürgersteige gegeben, heute ist natürlich alles reglementiert. Die gottlosen Ein- und Zweifamilienhäuser bauen sie jetzt in zweite Reihe, wo wir damals auf den Feldern gelaufen sind. Weiter unten ist eine neue Autobahn. Als Schulkinder sind wir am Straßenrand noch auf Betonplatten rumgehüpft – wie von den Hitlerautobahnen, hat es geheißen – in den Siebzigern, und es soll ja zwei- und dreistellige Zuwachsraten gegeben haben. Unser Haus hat mein Vater so schnell abgezahlt, schneller als geplant: großer Stolz deshalb in dem Mann, was, auch weil er selbst Hand angelegt hatte, die Schubkarren mit Zement in den ersten Stock gewuchtet hatte. Die Fotos damals, und seine von der Sonne ausgebleichte Behaarung auf den muskulös gewordenen Unterarmen, seine kräftige Statur damals, großer Stolz deshalb in dem Mann, Gewinnermentalität... Ich hatte mich töten wollen? Bestimmt nicht, ich wußte ja nicht mal im Groben, wie weit ich davon weg sein mochte und wie weit ich mich von diesem Ort entfernt hatte in den zehn Jahren, von meiner verpfuschten Jugend, konnte ich in Konstanz wohl auch kaum halbwegs vernünftig angeben: Nur daß ich in Einsamkeit *sehr* geübt bin und so Konflikte – die toten Jahre – immer gut durchstehe, besser als andere. Hat ja mit Glück nix zu tun. Klar, meiner Mutter das inhaltlich zumuten zu wollen, ihr das verbal geben zu wollen ist mir immer als Frechheit vorgekommen, denke ich jetzt, es fällt mir nämlich auf, daß ich gar nicht daran gedacht habe, ernsthaft zu intervenieren, wenn sie sich gegen all das gelegentlich wehrte. Zehn Jahre. Was hätte *sie* auch sagen sollen, der mal das Haus weg war und dessen Mann ihr hier ein neues gebaut hat, es schnell abgezahlt hat, in dem ich zu einem zweifelhaften Bewußtsein erwachen sollte? Auf dem Weg gehe ich auf die 40 zu – ha! –, und mein Körper fängt an, mir das zu quittieren. Nichts Dramatisches, graue Haare, das geht, aber pflegen muß ich ihn, so Zeug, Dehnübungen täglich gegen die Rückenschmerzen und regelmäßig essen wegen eines resistenten Stoffwechselproblems.

Trinken wird eh immer anstrengender, nach einem Vollrausch muß ich zwei Tage pausieren, und die Sehnigkeit, die ich einmal im Ansatz hatte, verschwindet in den Reserven, die er sich anlegt, mein freundlicher Körper, für etwaige knappe Zeiten – scheint so. – Und wie die Erfahrungen mehr werden, so *[Lacht wieder zu laut und winkt ab. Ich bin reglos. Er spricht dann erst leise und zur anderen Seite, daß er kaum zu verstehen ist...]* nimmt das klare Denken ab, also das klare Denken, das ich aus meiner erfolgreichen Zeit kannte, das Urteilen, was, messerscharfes Zertrennen und Aburteilen. Nicht unbedingt angenehm, der Fehlplatz. Ich reiße mich aber zusammen! Diese Betonplatten, wie von den Hitlerautobahnen, waren meist zerbrochen und versinken dann mit einer Ecke im Boden. In den Ritzen wächst Gras raus, und die Ritzen vergrößern sich mit der Zeit. Das war da lebendig, was, ich gehe den ordentlichen Gehweg und kucke auf den säuberlichst gemalten Mittelstreifen auf der säuberlichst geführten Fahrbahn und auf die lächerlich wirkenden Schilder: Da darf man so parken, mit der einen Spur des Wagens auf dem Trottoir, weiter unten gar nicht, und noch weiter unten wieder wie anfangs. Imaginäre kleine Jungs in kurzen Hosen gehen die Straße runter, als ich die ersten 10, 20 Meter hinter mich gebracht habe, oder es fehlt nicht viel dazu, zehn Jahre sind zehn Jahre: Ich weiß, als ich ein einziges Mal eine schlechte Zensur nach Hause bringen mußte, in Biologie. Meine Schlafwandelei als Grundschüler noch im alten, gemieteten Haus, wo ich nachts mit dem Hausaufgabenheft am Bett meiner Mutter gestanden haben soll und ihr die erledigte Arbeit zeigen wollte. Beteuernd, daß ich alles gemacht habe. Meine Bettnässerei! Ich weiß es, nur weil sie mir als Achtjährigem eine Windel umgebunden haben, mit der ich schreiend vor Ekel und Scham im Haus rumlief, Treppe hoch, schreiend, Treppe runter, *tief beleidigt*, das ekstatische Schreien und Drohen meiner Mutter, ich solle ja nicht daran herumfingern, solange ich ins Bett scheiße. Mein Alptraum, daß ich unter einem Haus liege, wirklich, ich sollte es selbst bauen: DU MUSST EIN HAUS BAUEN befiehlt jede Nacht eine verlangsamte Pastorenstimme mit endlos nachhallender Schwärze wie Gott. Das Gewicht des Hauses kann ich jederzeit auf meinem Brustkorb fühlen, wenn ich will. Muß bloß kurz die Augen schließen, daß mir die Luft weggepreßt wird und auf Gesicht und ausgebreiteten Armen und Beinen der plumpe Druck lastet. Mit dem Rücken bin ich plan auf dem Boden, was, kein Millimeter Bewegung denkbar: bis ich 16 bin. Jede Nacht kommt der Traum. Zuverlässig und zuverlässig. Als wenn ich die Eingangstür der Schule jeden Morgen wiedersähe, durch die ich in das dunkle Gebäude hineingehen muß, in dem man mir Vorwürfe machen wird, jeden Morgen dasselbe, ohne mir auch nur einen Gedanken darüber zu machen. Widerwillen! Ich habe immer versucht, nur das Gute an ihnen zu sehen. Siegreich! Jetzt – rekapitulierend – geht mir auf, warum sich mein Herz so zusammenziehen muß, als ich in die Sackgasse einbiege, Gott – *[lacht schrill – und stößt mit dem Glas an meines, verschüttet etwas Whisky dabei ...]* – sorry – es hatte wirklich ein paar unglückliche Zufälle gegeben!? Mit was die so beschäftigt waren, kaum nachzuvollziehen von heute aus, was: Das Schlimmste ist, wie man den Quatsch wirklich verinnerlicht. Mein Vater, wirklich, er hat mich mal im Büro angerufen, um zu sagen, *ich solle mir den Tag nicht verderben lassen*, aber der Tiemann sei gestorben! Das war ein Nachbar, ein Freund des Hauses sozusagen, den auch ich sehr mochte und respektierte, und aber überhaupt: welche Relationen?! Nie habe ich das vergessen, diese Hilflosigkeit dem Leben gegenüber. Dann aber jetzt – paß auf! – vor vier Wochen ungefähr, ist der Großvater einer Freundin gestorben. Sie ruft bei uns an – übrigens diese

Freundin von damals, die Schauspielerin aus der Nacht mit dem Hermannplatz –, ja, und sie will eigentlich Babs sprechen, ihre Freundin, aber die ist nicht da, und so hat sie mich dran, und ich merke an der Stimme, daß was nicht stimmt, und frage: alles in Ordnung, und sie sagt, nein, sie sei auf dem Bahnhof in Bremen, und ihr Großvater wäre ... und weint, und ich muß also was sagen in einer Situation, die zu intim ist für beide im Moment nur zufällig mit der Strippe verbundenen Personen. Ich bin demnach sehr gefordert, überfordert bin ich, und *fast* hätte ich es gesagt: Laß dir den Tag nicht kaputtmachen! War es Jahre her, auch vielleicht zehn Jahre, daß es mein Vater zu mir gesagt hatte? Und mir wäre jetzt beinahe nichts Besseres eingefallen als das, was in meinem Keller still vor sich hinschimmelt: Da kriegst du es schon mit der Angst! Und daraus lernen wollte ich auch, habe ich mir geschworen: nicht mehr – *oh yes!* – die zickige, fremde Stimme im eigenen Körper vernehmen. Nicht mehr. *[Icks lächelt, lehnt sich zurück und beginnt mit dem Blick aus dem Fenster wieder zu drehen. Ich sage, daß ich ihm folgen kann. – Er:]* Ja. – Einmal brachte sich auch eine Freundin meiner Schwester um. In dem Fall rief meine Mutter in meinem Büro an, um es mir mitzuteilen, nebenbei, der Grund für den

Anruf war ein anderer, glaube ich, zumindest vorgegeben. Ich kannte diese Freundin nicht wirklich, hatte sie aber zufällig im Theater getroffen ein paar Wochen vorher und da auch in der Pause mit ihr geredet. Jetzt war sie tot, hatte die Abgase ihres Wagens ins Innere geleitet irgendwo in einem einsamen Waldstück. Es war ihr zweiter Versuch gewesen, dazwischen eine Therapie, hieß es offenbar, es liegt in der Familie, sagte meine Mutter, bei denen, weil nämlich auch der Bruder dieser Freundin meiner Schwester sich schon das Leben genommen hatte – diese, doch wirklich, komplett verdrehte Bezeichnung. In der Familie liegt das: das hieß klarerweise, in *unserer* liegt es nicht, doch nicht in unserer, nein, unmöglich. Wenn auch so ein Statement nichts anderes tut als diese Gefahr zu erwähnen, es könnte auch in unsere gelangen, prinzipiell, wieso nicht, wie die dunkle Gewitterwand, die den heißen Sommertag meistens abschließt. Nein? Wirklich, meine Mutter ist eine Person, die an den ganz großen Themen erst wächst, daraus bin ich nie schlau geworden: Sie weiß um all das irgendwie bestens Bescheid. Es muß jedenfalls eine dunkle Ahnung gegeben haben, denn sie wollte ja eine Bestätigung von mir hören, *ja so was gibt es*, sollte ich zum Beispiel sagen, natürlich, oder ähnliches in der Richtung, aus ihrem Statement: das liegt bei denen in der Familie! sprach ja bloß eines: Angst, die sie versuchen läßt, diesen Moment, die Würde des Momentes der Mitteilung, die Würde des Todes schlicht, und dieses freiwilligen Todes, beziehungsweise eben unfreiwilligsten aller Tode, überschreiben zu lassen, dem Moment und damit auch vor allem der Tatsache überhaupt ihre Würde zu nehmen, wegzunehmen, die nichts als die Allgegenwärtigkeit und die Allmacht dieser Bedrohung durch die freie Entscheidung war. Das heißt: die unfreie Entscheidung. Und vor allem die unfreiwillige Komik, die den eigenen jugendlichen Entrinnungsversuchen und Spielen mit dem Gedanken angesichts der Abgründe, der Sehnsucht, die sich an jeder Brücke und jedem Fenstersturz entzündet, zweifellos innewohnen. In gewissem Sinn. Sie nahm jede Würdigung jedenfalls heraus aus dem Gesprochenen, meine Mutter, obwohl es auch in unserem Vorort öfters Selbstmorde gab, Freitode, ich glaube ungefähr einmal im Jahr gab es einen – weltweit führend in der Statistik soll ja angeblich Österreich sein –, und wie es mein Vater beim Tod vom Tiemann tat, seinem Freund, das war das, was immer störte, zerstörte, und wenn ich darauf komme – wie ich auf dem Weg vorgestern darauf kam, noch bevor ich das Haus erreiche und an der

Tür klingeln kann –, da tut sie mir leid. Tun sie mir beide plötzlich leid, wegen der Armut. Und da stehe ich an der Tür, ein Messingschild *Icks*, darunter ein kleiner Klingelknopf, in einem Messingtellerchen, oder wie man das nennen soll, eingefaßt. Ich klingele. Das Klingeln kann man draußen hören, und dann kommen die Schritte, meine Mutter macht auf. Drei Schritte hinter ihr im Flur mein Vater. Er raucht. Älter geworden sind sie, beide, natürlich, zehn Jahre. Eine kurze Umarmung mit meiner Mutter, nicht wirklich herzlich, sondern eher verlegen, mit meinem Vater ein kumpelhaft gedachtes Schlagen auf den Oberarm: als wenn man auf dem Klavier eine Dissonanz drückt. Schon zehn Sekunden später sitzen wir im Eßzimmer am Tisch, glaube ich, in der Küche blubbert heißes Wasser aus der Maschine und tropft in den Kaffee. Wie die Fahrt war, ja ja, okay, sei schon komisch, nach so langer Zeit wiederzukommen, sage ich. Da stutzen sie schon, und ich denke: au, Fehler... Dann Fotos von Juri und daß er wohl heute gerade anfängt zu laufen, berichte ich, daß es schade sei, daß ich nicht da sein könne. Da stutzen sie klarerweise wieder. Barbara hätte ja auch mal kommen können, sagen sie dann schon trockener, und ich führe die viele Arbeit an, die schlechte bis fehlende Bezahlung – letztens hatte ich eine

Auftragsarbeit, ein kleiner Artikel, aber nach der Publikation ging der Verlag ein und zahlte nicht mehr. Daß wir nicht wissen, wo vorne und hinten ist, berichte ich plötzlich, vor lauter Versuchen, auf die Beine zu kommen, die permanente Wohnungssuche: ihr mitleidsvoller Blick eine Anklage. Zum Glück ist der Kaffee fertig, das bringt eine Unterbrechung, er wird in kleine Tassen gegossen, die meine Mutter auf Untertassen stellt und die auf dem Tisch wiederum auf Untersetzer kommen, damit sie die Tischdecke nicht berühren. Ich sehe mich ein bißchen im Zimmer um, es hat sich eigentlich nichts verändert, es gibt noch immer keine freien Flächen an der Wand oder auf dem Boden. Der Kaffee ist dünn und lauwarm. Wie die Geschäfte gehen, frage ich meinen Vater, aber er will sich nicht so recht äußern. Offenbar war es früher besser. Die Pensionierung schiebt sich so hin, soll schrittweise gehen. Sie hätten ja noch das Haus, ja. Das wäre natürlich prima, sage ich, als Bank. Ob ich denn immer arbeitslos bleiben wolle, fragt meine Mutter, das kann doch nicht dein Ziel sein – ich lache. Beziehungsweise versuche zu lachen. Beim letzten Besuch im Amt haben sie mir gesagt, erzähle ich, es würde jetzt noch viel schlimmer, die Quote liegt bei über elf Prozent und steige und steige. Anzubieten haben sie mir absolut nichts, und ich wüßte ja wenigstens, was ich wollte, und die stets ordnungsgemäß eingereichten Nebenverdienste, die sie mir mit den hohen Werbungskosten verrechnet monatsweise abziehen, mache die Sache fürs Amt noch halbwegs und vergleichsweise ertragbar. Ich kucke in die trockenen Gesichter meiner Eltern. Schnell schiebe ich nach, daß sie mir die Selbständigkeitsanschubfinanzierung angeboten hätten, kurz hellen sich die Züge gegenüber auf. Ich habe das aber abgelehnt, weil es dazu noch zu früh ist, weil ich dann nach sechs Monaten auf dem trockenen sitze und keinen Anspruch mehr habe und dann vielleicht nicht weiterarbeiten kann, und es sei doch wie jemand, der einen Laden aufmacht und sich erst mal Kundschaft erarbeiten muß, sich erst mal ins Geschäft bringen müsse, um dann, wenn es läuft, die Investitionen nicht nur zu amortisieren, sondern auch mal eine ruhige gute Zeit haben könne. Wie hoch eigentlich ein Industriearbeitsplatz heutzutage im Schnitt so subventioniert sei, frage ich, für Produkte, die niemand mehr braucht oder will, oder ein mittelständischer Betrieb über Abschreibungen, nein, es wäre sogar noch besser, sage ich, denn falls es doch noch abstürzt, dann hätte ich nicht mal Schulden, der mit dem kleinen Elektroladen um die Ecke, sage ich, der ist eingegangen, und jetzt sitzt er auf 450 000 DM Schulden, das seien doch noch ganz andere Kategorien, und selbst die doch noch läppisch, wenn man sich umsieht, und außerdem hätte ich ja beste Referenzen mittlerweile, immer wieder würde gesagt, ja, das ist gut, was ich da gesehen habe von dir, ganz gut, und daß ich einen Brief von dem und dem gekriegt hätte und mit der und der gesprochen, das wird schon, und ein Stipendium hatte ich ja auch zwischendurch, wenn auch ein lächerlich kleines, von dem ich grad sechs Wochen arbeiten konnte, was man da wohl schaffen sollte, aber so was muntere trotzdem auf, wegen dem Zuspruch, und TATSÄCHLICH fragt mein Vater nicht erstaunt, sondern brüskiert, mit wild verzerrter Seele, die sich früher mal gefreut hatte: ein Doktortitel – Mensch! – in *unsrer* Familie! – ja, sage ich und sehe, daß er es einfach nicht glauben kann oder nicht glauben will, und Kontakte nach New York, sage ich, habe ich auch, weil ich denke, dunkel ahne oder meine, daß ihnen das Eindruck macht, obwohl ich das selber bloß albern und kitschig finden kann, und beginne mich wirklich unwohl zu fühlen und es zu wissen und sage, daß ich mit der Arbeit selbst glücklich sei, wenn ich sie denn Arbeit nennen darf, ohne Bezahlung, und diese Arbeit das Leben nicht verachte, und die andere, frühere Arbeit meine Lebenszeit von unten her wegzufressen schon richtig dabei war und die Sache mit Barbara und Juri das beste sei, was mir jemals passiert wäre. Ich wäre nicht unglücklich zur Zeit. Sie kucken stocksteif. Die erste Pause entsteht. Hättest du mal das Angebot aus Konstanz angenommen damals, sagt meine Mutter dann – Max-Planck-Institut! sagt sie kopfschüttelnd –, und ich fahre ihr über den Mund, das seien doch bloß zwei Jahre gewesen und ohne jede Perspektive. Wieso überhaupt kannst du jetzt arbeitslos sein, sagt sie. Ich *muß* jetzt bemerken, daß ich schon Überlegungen anstelle, ob oder wie man etwas tun kann, aber mir nichts einfalle so recht – sie kucken irritiert, verstehen nicht –, daß ich vielleicht politisch, sage ich, also in eine Partei müßte ich da wahrscheinlich, sage ich, wenn man nicht immer nur zukucken will, und daß ich mal bei einer angerufen hätte, aber da hätte ich schon in die Lichtenberger Plattenbauten fahren müssen, haben sie mir gesagt, und erklären müssen, warum ich da hinein wollte, und dann würde darüber abgestimmt. Jedenfalls, sage ich also, bin ich nicht hin, weiß auch nicht, was sonst möglich wäre oder wo ich hingehören könnte, genau, politisch – und sehe, wie mein Vater von unten her, vom Hals her und dann übers Gesicht rot anläuft, wie sich in Wellen das Blut in seinen Kopf pumpt und er keinen Ton mehr hervorbringt und hilflos schluckt. Nach der Partei zum Beispiel zu fragen ist nicht einmal theoretisch denkbar. Ich muß aufs Klo, gebe ich vor und stehe vom Tisch auf. Das Gästeklo ist nicht weit von der Küche und dem Eßzimmer entfernt, ich schließe die Tür und sitze im Dunkeln. Als das Wasser endlich angenehm läuft, beißt mir schon lange die Säure eines Geruchsteins in die Nase. Da höre ich die Stimme meiner Mutter ihren Mann fragen, ob er denn mit 33 auch schon so wenig Haare gehabt habe. Mein Vater entschieden empört und so laut, daß ihm mein Mithören klar sein müßte, wäre ihm selbst klar, was er sagte: **Mitte 30**? **Das Haus habe ich da gebaut**! – Ich ziehe die Spülung und weiß nicht, wie ich hier glatt wieder rauskommen soll. Händewaschen, dann zurück an den Sitzplatz am Tisch. Über ein paar Belanglosigkeiten, die Kinder anderer Leute, die sich prächtig entwickeln, und anschließend die Bemerkung, wie hingeworfen, in einer Mischung aus vollkommener Gleichgültigkeit und doch als stolze Nominalität selbstverständlich, auch wenn sich das komplett widerspricht, als logische Konsequenz alles anderen, was sie jemals gesagt oder getan haben: *Das weißt du doch, daß wir dieses Jahr Weihnachten wieder in Gran Canaria sind?* Prima, sage ich zustimmend, als wenn ich ihre Freude teilen will, daß sie abermals stutzen: Es steht mir natürlich nicht zu, ihren Wohlstand zu kommentieren, beziehungsweise steht mir ein Wohlwollen ihnen gegenüber nicht einmal zu. Ich mache das Essen dann fertig, sagt meine Mutter im Aufstehen. Mit meinem Vater einige ich mich auf Fernsehen: Tennis. Eine halbe Stunde schlagen wir auf der dunkelgrünen Sitzgarnitur tot. Dann Essen. Viel Schweigen. Beim Nachtisch kündigt sich endlich eine Mitteilung ihrerseits an, wenn auch im Schneckentempo, das heißt langwierig und mit so großem Umstand, mit allergrößtem Bemühen schon bevor etwas gesagt ist, so daß das Gewicht des jetzt Kommenden von vornherein außer Frage steht und, ich weiß es nicht mehr, mein Wahrnehmungsapparat sich wehrt wie das Kind, dem die Nase geputzt werden soll, ... es gäbe da noch etwas zu sagen, nämlich, sie hätten eine nennenswerte Summe baren Geldes in die Schweiz geschafft, mit dem Auto, es gäbe da keine Buchungsverbindung. Betulich, oder theatral gar, ihre Wortwahl, ich kriege das jetzt nicht mehr hin, ihre Gesten, es ging um irgendwelche Steuern, die neu waren oder irgendwie neuerdings anfielen bei ihnen, Kapitalsteuern oder ähnliches – damit kenne ich mich natürlich nicht aus oder nicht richtig, ich glaube, das wurde auch gar nicht direkt erwähnt –, und sie hätten das mit einem schönen Urlaub verbunden, Wandern und so, und mein Gehirn versagt treu vor dem Gehörten, den Tönen, die an mein Ohr klettern, den Worten, die sich zu Wortketten verkleben wollen, mit Interpunktion irgendwie in der Abfolge einen Sinn ergeben sollen. Ich hatte an der Stelle nichts zum Abrufen, hatte ich das klare, seltsam eindeutige Gefühl, nichts, was inhaltlich hätte antworten können, in meinem schwammigen Hohlkopf, das hätte sagen können: ach ja, dahin, das gehört in die Ecke, okay. Leer sitze ich im Dickicht, und sie beschreiben langwierig eine Prozedur, wie man vorgehen muß, was man zu tun hätte, falls ihnen was passiert, also, uns was passieren sollte auf dem Flug über Weihnachten. Käme ja vor. Ich kann nicht mal folgen, habe mir die Informationen gar nicht gemerkt, wo und wie sich dieses Geld aufhalten soll, und frage mich, ob das eine Bier zum Essen eine solche Wirkung hinterlassen haben kann, das kann es eigentlich nicht, denke ich, unmöglich, sage ich mir, stehe vom Tisch auf und gehe. Sie stutzen ein letztes Mal. Ich wolle zu einem Freund, sage ich schnell. Ob ich nicht bleiben gewollt hätte, fragen sie. Ich verneine. Der Weg zum Flur, im Flur meine Tasche umhängen, die Jacke, Schuhe anziehen, ich muß die Tasche wieder abstellen. Ich hätte doch bleiben wollen, sagt meine Mutter. Ich verneine, will morgen aber nochmals anrufen, führe ja erst übermorgen nach Frankfurt: Das schafft genug Raum. Was für eine Gesellschaft hast du denn gebucht, fragt einer von ihnen. Ich antworte etwas, sie schweigen. *[Lacht verächtlich...]* Draußen schlägt mir frische Luft wohltuend an die Schläfen, aber der sonst kaum zu bemerkende Höhenunterschied bis zur Straße kommt mir noch wie Bergsteigen vor. Über die sauberen Gehwegplatten des Bürgersteigs komme ich schnell an der Kehre der Straßenbahn an. Es steht keine Bahn da, und ich kaufe im Kiosk erst mal Zigaretten. Daß es nicht regnet, ausgerechnet jetzt nicht, daß überhaupt Sommer ist, der Sommer sich selbst ausgerechnet in diesem Moment gefällt, anstatt daß es wie immer regnet, ist reiner Spott. Ich warte bestimmt eine Viertelstunde, bis die Bahn kommt, dreht, anhält. Leute steigen aus. Ich muß noch weitere zehn Minuten warten, weil der Fahrer Pause hat und die Bahn schließt, bevor er sie ein kleines Stück vorwärts fährt, die Türen wieder freigibt und ich einsteigen darf. Vom Rauchen ist mir schlecht, aber das Fahren in der Bahn, das Ruckeln und Anhalten und Wiederanfahren gefällt mir. Wirklich, das letzte Mal, als wir zusammen waren, haben sie noch den Pannespruch gebracht gehabt, daß jeder, der arbeiten wolle, der *wirklich* arbeiten wolle, ...: Eigentlich war das das Interessante, warum der Satz diesmal nicht fiel, nicht mehr fiel oder fallen konnte, beziehungsweise wäre das das einzige Interessante vielleicht noch gewesen – oder? *[Sieht mich nachdrücklich fragend an...]* – Wenn es nicht auch dafür schon zu spät war. Sie wußten sehr wohl, daß sie am Ende sind, habe ich gedacht, und kämpfen verzweifelt dagegen an, für eine Spielverlängerung sozusagen, mit der unsportlichen Begründung, daß sie bis jetzt geführt hätten. Ich fuhr zum Bahnhof zurück, ging über den Platz, über die falschen Steine des Bahnhofsplatzes oder Bahnhofsvorplatzes, der einmal *Platz des Widerstandes* hieß, ohne daß es aufgefallen war, und hatte den klaren, eindeutigen Gedanken, daß mich ein klares, eindeutiges Gefühl in Schach hielt: der helle Abschied. Nach Frankfurt konnte ich erst mit dem Nachtzug fahren und verbrachte geschlagene vier Stunden in den verbrauchten Bildern meiner Heimatstadt, ohne noch weiter hinzusehen. Die aufdringliche Sentimentalität des Nachmittages war endlich weg und ließ mich zufrieden dort sitzen. Nicht mal in Berlin rief ich an, um zu berichten, das hatte Zeit. War ich binnen Minuten, in der halben Stunde oder Stunde des Aufenthaltes in dem Haus, nach wenigen Sekunden fast schon, in eine aberwitzige Diskussion verstrickt, hatte mich verstricken lassen? Hatte sie selber – *oh yes* – sogar in Gang gesetzt! Das letzte Mal! Dabei: Ich habe auch ein illegales Konto, unter falschem Namen, beziehungsweise hatte ich eins – mit einer lächerlichen Summe versteht sich, die schon längst aufgebraucht ist –, das ist ja normal, das werfe ich niemandem vor, solange man unbedingt das Bankgeheimnis für essentiell halten will, nur ihr dumpfer Moralismus geht mich einfach nichts an, nicht mehr: Das letztemal, wo sie noch mit diesem Argument kamen, dem dümmsten überhaupt – daß jeder, der arbeiten wolle... und so weiter –, kam ich schließlich auch noch mit einem dagegen, nämlich, daß es doch gewollt sei, politisch gewollt und niemand ernsthaftes Interesse am Abbau der Arbeitslosigkeit habe, weil es unwirtschaftlich würde, unökonomisch in ihrer Sprachregelung ihrer Ideologie, und es viel besser sei, die paar Millionen ruhigzustellen, die sich mit der Armut zufriedengäben, wobei das Wort Armut zwar viel zu groß wär in Deutschland – und da hatte ich mich schon selbst in die Kniekehle getreten in ihren Augen, in die ich ja kuckte. Lieber arm sein als mit eurer Neurose leben jedenfalls, sagte ich deshalb, und schließlich, daß Nichtarbeiten andererseits krank mache, mich wenigstens macht es krank: Das hätten sie ja schließlich geschafft. Idiotisch auch dies Wortgefecht damals, in meiner Wohnküche, und keinerlei Verbindung unter den Positionen, keine Brücke: wozu auch! *[Icks hat seinen Whisky wieder leer und stellt das Glas auf den Klapptisch.]* – Sie reden von Ökonomie, alles redet von Ökonomie: meinetwegen, sollen sie von Ökonomie reden, von mir aus: Dann geht es eben um Ökonomie, auch im Theater geht es immer um Ökonomie, andauernd, das habe ich einigermaßen mühsam gelernt und sehe ein, daß es der Kern ist, an dem alles kristallisiert, ohne Ökonomie ist alles bloß Brei, Ökonomie in verschiedenster Ausprägung, dem einen ist das zuviel und dies zuwenig, dem anderen dies zuwenig und das zuviel, weil er nicht sehen kann oder will, worum es hier geht, weißt du was: Das ist so hart und klar wie Sahne, sonst nichts. Weil es glücklicherweise bloß darauf ankommt, was man will, und daß man das dann auch macht, und zwar gut macht und nicht in Verachtung versinkt dabei – mein Gott, ja – erkläre mir einer, wo hier Ökonomie ist, sorry, ich sehe bloß eines: gloriose Verschwendung: das Leben daselbst! – Unten im Getränkeladen bei uns im Haus kriege ich nämlich, als kleines Beispiel, Wasser aus Frankreich, vom Rhein und aus Wien.

Wir haben wegen Juri nach einem kucken müssen mit den richtigen Werten – geeignet für Säuglingsnahrung, steht auf den entsprechenden Flaschen drauf – und auch da: Wien, Frankreich, in einem zweiten Laden ein Stück weg, ein Feinkostladen, hatten sie Wasser aus Griechenland: Mineralwasser! Aus Berlin oder Umgebung gab es keins, was, sie transportieren *Wasser* durch die Gegend, Tausende von Kilometern, bauen Autos dafür, fördern Öl, das ist ja jedem Idioten sattsam bekannt, und ich habe ja nichts dagegen, daß man es sich gutgehen läßt, ich habe selber wirklich nichts anderes im Kopf. Als Verschwendung. Ich will mein Leben verschwenden tagtäglich und wirklich nicht aufhören, wirklich, niemals! Aber sollen sie mir bitte immer mit Ökonomie kommen? Nee, bitte nicht damit, da setzt mein leeres, zugewuchertes kleines Gehirnchen genauso aus wie damals bei dem Elfmeter, den ich nicht kriegte und weshalb die anderen ihr Tor schießen konnten, ihr Siegtor, mit dem sie in die Aufstiegsrunde kamen anstelle von uns. Nein, sollen sie von Wahnsinn sprechen, meinetwegen, von ihrem Wahnsinn, ihrem Wahnsystem, ihren heillosen Verflechtungen in ihre Geschichten, in *ihre Geschichte*, von ihrer Hilflosigkeit meinetwegen am besten, ihrer Sprachlosigkeit und Heimatlosigkeit oder der Unfähigkeit, etwas auszuhalten, vom Irrwitz der Welt, von ihrer heillosen Liebe zu etwas zu schweigen, *und ganz egal zu was überhaupt*, aber was mich ankotzt, ist ihre Betulichkeit – ihre betuliche Lieblosigkeit. Bringt mich um. *[Atmet aus.]* – Scheiß Arbeitslosigkeit. – Ja. – Kuck mal, wir sind bald da. *[Auf die Wand, die die Kabine vom Vorratsraum der Crew trennt, wird wieder die Flugstrecke in eine Landkarte projiziert und angegeben, daß wir über der Ostspitze von Long Island sind.]* Halbe Stunde noch vielleicht oder dreiviertel, einen schaffen wir noch, oder? *[Bestellt abermals zwei Whiskys, obwohl ich meinen erst halb geschafft habe, und dreht sich eine letzte Zigarette.]* Im Zug dann habe ich göttlich gut geschlafen, paar Biere hatte ich auch drin. Daß man mit Mitte 30 erst erwachsen wird ein wenig, mein Gott. Und dann zwei freie Tage. Leere Zeit. Frankfurt hat mich noch nie berührt, ich sitze in Cafés herum oder liege angezogen auf dem Hotelbett. Dann habe ich Barbara angerufen, versteht sich, er läuft, sagt sie sofort, rennt hier quer durch die Küche. Nur die Kurven schafft er noch nicht so gut. Kleine Absätze aber schon, die Schwellen sind ja wie Stufen für ihn. Daß er sich freut wie ein Blöder. Ich höre ruhig zu. Im Hintergrund quakt Juri selbst und versucht das Telefonat zu stören. Vom Eklat sage ich erst am

Schluß etwas und daß ich in Frankfurt sei, oh, sagt sie, so, ja, oje, na, da wird es schon wieder eine Gelegenheit geben, meint sie, wo es weitergeht. Will ich gar nicht, sage ich extra fest, das ändert sich auch wieder, sagt sie. Anyway, sage ich, und sie sagt, gut. Ruf aus New York an, ja? Ich verspreche es. – Dann Frankfurt. Es war ja warm Gott sei Dank, und ich habe mir Zeitungen gekauft, was steht drin? Rekordarbeitslosigkeit trotz Sommer, was sonst, es regt ja niemanden mehr wirklich auf, und gestern abend war ich auch im Theater. Da kann ich noch am allerbesten nachdenken, das Gehirn soll ein Parallelrechner sein, fiel mir ein, auch wenn ich nie verstanden habe, was das bedeutet, durch einen Zufall der Entwicklung ist das Gehirn so groß geworden auf alle Fälle, beim Menschen. Ich jedenfalls denke in so einer Vorstellung im Dunkel des Zuschauerraumes über anderes nach, wozu ich beschäftigt nicht wirklich frei komme. Daß sie immer ihr Ausschlußverfahren auf mich anwenden konnten, wird mir plötzlich glasklar: Sei glücklich, haben sie immer gebrüllt, seit ich denken kann und vermutlich auch davor schon: Du bist es nicht? – *Versager!* schreien sie mir zu und lachen sich tot, dabei sind sie es bloß selber: todunglücklich, wenn man an die Unfähigkeit zur Trauer denkt, an ihre Lieblosigkeit. *[Raucht.]* Bestimmt gibt es was Theoretisches dazu, wenn man die eigenen Mängel, die man dumpf ahnt und in der eigenen Tiefe arbeiten hört, in andere hineinprojiziert, da bin ich sicher, denn das passiert einfach zu oft: Sie halten alles schon immer selber besetzt und wollen mir den blöden passiven Part geben, einfach nur glücklich zu sein, weil die Welt schön ist. Dabei ist sie häßlich, man muß ja bloß hinsehen. Und ich soll glücklich sein, ausgerechnet *ich*, und so ohne alles, weil sie dunkel ahnen oder fühlen, daß mir das nicht gelingen kann, keinesfalls aufgehen kann, was ihnen nicht mal mit dem puren bloßen Leben und jeder Menge Freiraum in Händen zu etwas geworden ist. Und weil ich Kind bleiben sollte: bloß froh und sonst nichts, auf ewig Kind bleiben sollte, damit ihr eigenes Unglück nicht weiter auffällt, statt dessen aber alles normiert. Schließlich haben sie ja ihr Geld vorzuweisen! Mit dem sie sich freikaufen, wo immer es geht – und jetzt steht ihnen plötzlich der Tod im Gesicht und grinst raus. *[Lacht abschätzig...]* – Nee, nicht nur die paar Erinnerungen waren so wie das Verhör im Mafiafilm, wie das grelle Licht, das plötzlich von einem Punkt aus dem Dunkel das Kindergesicht ins gleißende Weiß reißt, meine Jugend, jetzt wirklich, war bloß ein Verhör, und mit dem einzig möglichen Ziel des Verhörs:

daß der Angeklagte die Vorwürfe am Ende selbst glaubt. Tatsächlich, ich war bloß auf dem Weg, die ganze Zeit über – 33 Jahre –, genauso zu werden wie sie. - Danke. *[Die Whiskys sind gekommen.]* Exakt so wie sie: voller Haß. Selbst mein *ausgeprägtes Gerechtigkeitsempfinden*, sollte es denn als Überlebensstrategie in irgendeiner Weise in mein Herz gepflanzt worden sein von irgendwem, den ich nicht kenne, der mir also auch kein Wohlwollen bezeugt hatte, um von *Liebe* zu schweigen, hatte durch diese Geschichten – Klein gegen Groß, Gut gegen Böse –, die sie dem Kind in Schule und Gemeindehaus ja unbedingt vorlesen mußten und dabei eintrichterten, sein Fundament auf die Verleugnung, die Herabwürdigung und Verachtung gebaut, auf den Haß: auf Heroismus. Nicht wahr? *[Icks sieht mich auffordernd an und spricht, da ich nicht sofort reagiere, gleich weiter:] Falsch* war ja ihr Stichwort, so daß ich bloß vom Erfolg träumte, dem alles vernichtenden, wie du vorhin so gut gesagt hast, am Ort, der mir mit Leben beschmutzt war – Leben! Mein Gott! –, den ich haßte, sonst nichts, als geschlossenes System Tristesse mit dem unschuldigen Dr.-Oetker-Gesicht haßte, und nicht nur mit dem. – Auf dem Platz vor dem Bahnhof zum Beispiel hatte ich noch bei der Ankunft, als ich aus Berlin kommend ankam und dieses Kopfsteinpflaster sah, die neugemachten alten Steine, kurz überlegt, wen ich da mehr verabscheuen sollte: diejenigen, die die falschen Steine gekauft hatten, nachdem sie ihre eigenen echten irgendwann herausgerissen und weggeschafft hatten, oder diejenigen, die jetzt ihre echten verkauften und damit zu falschen Steinen machten, für ein paar blöde Devisen die uralten, erzählenden Straßen vor ihren Häusern auflösten? Und nur kurz hatte ich das überlegt, sehr kurz, das wußte ich noch sehr genau in dem Moment, als ich jetzt zurückkam vom Haus meiner Eltern, so kurz, weil ich gleich gewußt habe oder dunkel geahnt, daß es keine Antwort gab auf diese Frage, beziehungsweise die Antwort lautete: Beide, verachte beide, sie alle, und dann wußte ich nicht mehr, wozu ich noch gehören könnte. Mein Gott, bin ich da froh, daß es vorbei ist, endgültig, die Zeit der Entschuldigungen endlich vorbei ist, mußte ich 30 werden, und 33, Vater mußte ich offenbar werden und in die Augen meines Sohnes kucken, peinlich genug, bis ich endlich das Elend abschütteln kann, will und muß. Mein Gott! – Menschen habe ich nie gemocht. – Nicht mal, ob diese Mitschülerin damals versetzt wurde, konnte ich noch sagen, und auch nicht, worin die Liebe zu meiner letzten Geliebten vor Barbara bestanden haben sollte, mit der ich ja heroisch in eine heroische Normalität fliehen wollte. Was dann prompt nicht gelang, nicht zusammen jedenfalls, was dann halt heroisch mißlang – nämlich auch gut! noch besser sogar, viel besser! –, so daß ich zur Endstation Arbeitsamt am Ende wieder allein fuhr. Den Konkurrenten im Fach konnte ich nicht zugestehen, gelten zu wollen, und lehnte jede Auseinandersetzung ab und hatte eine Theorie dazu, daß nämlich die anderen *falsch* waren, falsche Hunde, ein jeder, der sich mir in den Weg stellte in seiner ursächlich vermutlich auch nicht anderen Hilflosigkeit, und diese Theorie ging selber von Harmonie aus, in der man doch leben können müsse: Romantik. Die pure Verachtung! Und ich mittendrin, was. Und alle anderen nicht derart behindert, sich für was Besseres halten zu müssen oder um, wenn das nicht funktioniert, wenigstens schlechter zu sein, nämlich vernichtend erfolgreich. Und ich immer voll Haß, und – schlichter Haß ginge vielleicht gar noch an, finde ich – die Krönung ist: voll kaltem Haß war ich. Bis vorgestern: Noch in der Liebe, als ich mit Barbara endlich Glück habe und komplett glücklicher werdender Vater bin, wie das ja heißt, wirklich, habe ich nichts weiter nötig, als Fehler zu suchen an ihr, meiner Liebe? Und finde nichts und muß ihr das aufbinden, ja? Das muß die Lehre gewesen sein, denke ich, und, okay, denke ich, jetzt habe ich endlich mal was geschluckt: daß ich nicht immer diesem Hang nachgeben darf, habe ich gedacht, diesem Zwang, der mich immer wieder aufs neue einholt, obwohl ich dagegen ankämpfe seit 33 Jahren vermutlich, der Zwang zur Vollständigkeit und Geschlossenheit, zur Ganzheit, und so weiter, zu dieser Art Ganzheit, denn je mehr ich ihm nachgebe, desto stärker wird er. Tatsächlich. Daß ich ja immer nur das Gute in ihnen gesehen haben wollte, sehr siegreich, habe ich plötzlich gedacht, und bloß eins stattfand: daß ich auf dem besten Wege war, genauso zu werden wie sie, wirklich, geht mir da plötzlich wie morgens die Sonne auf, daß ich nie anders war: eine furchtbare, fruchtlose Harmonie. Von beiden Seiten sinnlos betrieben. Überhaupt Harmonie: das Bedürfnis danach. Eine Seuche, sonst nichts. Das Kind schreit gequält, wenn jemand den Raum verläßt, damit fängt alles schon an. Die Seuche, Einheiten zu schaffen, die Welt zu einer Eins machen zu wollen. Nicht mal nebeneinanderher laufen können zwei Menschen, ohne ihre Schritte zu synchronisieren. Alles löscht das aus. Und das Scheitern dann. Je glorioser und haßerfüllter, je existentieller der Gegenstand gerade war. Die Verachtung, die daraus erwächst. Die Leerstellen im Kopf, nicht wahr, wo nichts zum Abrufen ist, wo es nicht funktionierte, ich nicht funktionierte, die Welt immer zu Ende war. Die Unvereinbarkeit reine Hilflosigkeit. Und dann das Umklappen in Haß, wenn man etwas liebt, das es nicht gibt: So hat es letztens nämlich jemand ganz richtig gesagt. Wenn man das Lachen liebt, lieben könnte oder glaubt lieben zu können, wenn man es sieht. Wenn man andere lachen sieht. Oder auch nur Musik liebt, die aber nicht da ist, sich nirgends einstellt, auch wenn sie ein Leben hätte sein können, und nicht da ist, keinerlei Rhythmus sich einstellt über Jahre und Jahre, wie das Leben nicht da ist und man verschwinden will oder auch nicht oder nicht weiß, weshalb und wohin eigentlich: Haß, der die Harmonie wieder herstellt, im Haß vereint, mit den Eltern, mit ihrer Geschichte, der Welt. Oder nicht? *[Lacht.]* War ich immer bloß dabei, so zu werden wie sie, denke ich, die Puzzlestückchen auf der Handfläche betrachtend, die sich unbedingt zu meinem Leben, meiner sinnlosen Biografie zusammensetzen wollen, die nie begonnen hat - *eine Krämerseele*, die, wenn sie nur halb soviel Energie, Zeit und Aufmerksamkeit in eine Liebe investiert wie vormals in eine Promotion, glaubt, eine andere Person glücklich machen zu können, die sie ja sowieso schon irgendwie liebt, zu lieben glaubt, ohne je einen klaren Gedanken zu fassen. Daß ich in dieser verregneten Gegend unbedingt aufwachsen mußte, in der immer was störte, zerstörte, in der ich mir keine Freunde gemacht hatte. Mit all dem Haß. *[Nimmt zügig vom Whisky zu sich.]* Und dann: Das Allerpeinlichste kommt noch in diesem schönen, hellen Moment der Selbsterkenntnis, die mich schließlich im Dickicht heimsucht, endlich: Heroismus nämlich auch, als diese Freunde, die ehemaligen, diese Kriegsverbrechergedichte herausgebracht hatten, diese Massenmörderlyrik, habe ich mich, weißt du, nämlich am meisten nicht über sie geärgert und daß ich Biere mit denen getrunken habe, einige Zeit, sondern darüber – jetzt kommt's –, daß ich das Angebot der Frau des einen zu einer gemeinsamen Nacht nicht angenommen hatte: Sie war nach Berlin gekommen, und Barbara war gerade weg, und ich war morgens schon mit einem Teil wie aus Ebenholz aufgewacht und hatte gedacht, das wär's: *eine Affäre*, fremde Haut küssen, das *muß* jetzt aber sein. Nun bin ich aber aus diesem Kontext heraus irgendwie – Affären! – durch das Kind und die Frau, es bleibt gar keine Zeit, wann soll ich so was bloß anzünden? Und natürlich just an diesem Abend kommen diese Freunde, die mittlerweile ehemaligen angefahren, weil sie etwas veranstalten in

Berlin, und diese Frau kommt mit und hat Streß mit ihrem Mann irgendwie, das platzte aus allen Nähten bei beiden heraus. Jedenfalls geht er in eine Kneipe mit anderen und ich mit ihr tanzen, das war als Entspannung gedacht. Und dann kriege ich das Angebot: Verreib mir den mal auf dem Nacken, sagt sie in der verschwitzten Bar und hält mir mit diesem eindeutig sprühenden Blick den Eiswürfel ihres Cocktails hin und senkt den Kopf, ihre Haare mit der schlanken Hand nehmend. Ich nehme das Eis auch sofort und ziemlich gerne, sie hat diese Aura, der sich keiner entziehen kann, und das weiß sie genau, nicht einfach sinnlich und schön ist sie, sondern ein Abgrund, und ich reibe den Eiswürfel und lehne mich an sie, daß mein Zustand durch ihr luftiges Kleid deutlich zu spüren ist, und sie erwidert, und ich reibe den Eiswürfel und lecke das laufende Eiswasser und den Schweiß ihr von der Haut. Und was machen wir jetzt, fragt sie sich zu mir hindrehend und lächelt – aber die Frau eines Freundes, das ist natürlich tabu! Und der Abend geht stumpf zu Ende, als wir die anderen in der Kneipe dann wiedertreffen, und ich urteile die Frau natürlich auch ab, so für mich, daß es so schlicht vor sich gehen sollte, ein allzu simpler Betrug. Sozusagen. Ich hätte es schon gern getan, eine Nacht bloß und so weiter, natürlich, bis heute hatte ich keine Affäre mehr seit Barbara, aber dem Freund in die Augen sehen zu können, das stand mir als besserem Menschen ja höher! *[Grinst.]* Ich ließ sie also stehen am Ende und ging erhobenen Hauptes und nur in der Tiefe frustriert nach Hause, um unruhig zu schlafen und die Sache als Sieg abzubuchen, als heroischen Sieg über die häßliche Niedrigkeit. Eine Woche später dann bringen sie die Gedichte heraus und haben endlich *ihren* Skandal, und ich sehe sie feiern, imaginär, und verachte sie und eigentlich: frißt mich der Ärger bald auf, daß ich die Frau nicht ins Taxi gesetzt habe und zu Hause aufs Bett gelegt für den Rest der Nacht. Gott, hätte ich das gerne getan! *[Sehr früh wird in diesem Moment zum Anschnallen aufgefordert, fasten your seat belt, und das Rauchen verboten. Wir befolgen es.]* Hier ist ja letztes Jahr eine runter, nicht. *[Icks grinst extra breit, ich lächle so gut ich kann zurück. Er überspielt es schnell:]* Na, ich will ja vor allem einkaufen, Klamotten, ich habe fast nichts Tragbares mehr, und ein Notebook. Kennst du dich mit den Zollbestimmungen aus, angeblich soll's mit einem einzelnen Gerät kein Problem geben? *[Ich verneine mit zuckenden Schultern.]* Wird schon so sein, wenn's alle sagen. Den Flug hole ich allemal jedenfalls raus. *[Er stößt noch mal mit mir an, auf*

New York ...] – So liege ich dann auf dem Hotelbett in Frankfurt, angezogen, rauchend, halb irre vor Glück. Da klingelt das Telefon, und wer ist dran? Mein Bruder! Ich wollte es erst nicht glauben. Ich habe mit dem über zehn Jahre gar nicht gesprochen, kein Wort, keine Postkarte und so weiter, ohne wirklichen Grund eigentlich, es gab bloß nichts zu sagen. Der ist so ungefähr das genaue Gegenteil von mir, Geschäftsmann – herrliches Wort, nicht? *[Lacht offen und laut.]* Anfangs hat er mit Autos gehandelt und sein Studium damit finanziert, also erst hat er welche repariert und dann nur noch gehandelt, bringt es sonst nicht, hat er gemeint. Dann fing er an, alles mögliche zu verkaufen und dann auch alles Unmögliche, und am Ende standen Immobilien, was sonst, und er hat das Studium abgebrochen: brächte eh nichts. Wir haben uns nie viel zu sagen gehabt, und dann hörte ich von unseren Eltern, daß er Schwierigkeiten gekriegt hätte, Steuerhinterziehung oder so, sie haben ihn ganz schön rangekriegt offenbar, und er stand dauernd vor Gericht. Ich hatte mich nie mit ihm zerstritten, man hat sich so akzeptiert irgendwie, und jedenfalls geht das merkwürdige Telefon in dem Hotelzimmer, und was folgt, ist fast bühnenreif. Andreas ist dran, und dann so:
Ich sage: Bitte?

Er: Andreas.

Ich: Mein Gott.

Er: Den laß mal außen vor. – Sie machen sich Sorgen um dich.

– Wer?

– Ja, wer wohl. Daß du dir wieder was antust.

– Was antun? Kannst du dich mal verständlich ausdrücken?

– Wie damals in Konstanz.

– Woher wißt *ihr* das denn? *[Kommentierend zu mir:* Ich bin völlig konsterniert.*]*

– Der Stationsarzt hat uns damals angerufen. War scinc Pflicht.

– Paß auf, sage ich zu ihm, das kannst du vergessen, das war fingiert, und zwar so schlecht, daß mir der Psychologe gedroht hat, das nächste Mal müßte ich das Magenauspumpen selber bezahlen. Spaßhalber, versteht sich.

– Jedenfalls soll ich dir sagen, sie hätten es nicht so gemeint, und du sollst es doch nicht so schwernehmen.

– Was denn? *[Wieder zu mir:* Ich bin völlig perplex.*]*

– Ja was wohl. Hör zu, du bist hier immer willkommen. Es gibt keinen Grund, den Holtkämper zu spielen, keinen.

– Wen?

– Holtkämper, das weißt du nicht? Er hat sich umgebracht, der Sohn von Holtkämper, weil er seinen Vater nicht mehr ertragen konnte.
– Wieso nicht ertragen konnte?
– Das weißt du nicht? Er ist Bürgermeister geworden, in Sennestadt, und das neben allem, was er in seiner Firma schon war, sitzt in zwei Aufsichtsräten und so.
– Andreas, sage ich, ihr langweilt mich. Laßt mich in Ruhe.
– Du hast dich überhaupt nicht verändert. Willst du immer alles hinschmeißen? Wie damals, als du den Elfer nicht gekriegt hast und gleich aus dem Verein austrittst, obwohl alle gesagt haben, daß er den Ball gespielt hat.
– Nicht alle, sage ich, zwei.
– Von mir aus.
– Und zwar die dümmsten Idioten.
– Natürlich, die dümmsten Idioten! Und Tatsachenentscheidung ist eh Tatsachenentscheidung, das nennt man Fußball.
– Der Holtkämper ist mir jedenfalls herzlich egal, Andreas, mach's gut.

Ich habe aufgelegt. Nach ungefähr drei Sekunden klingelt es wieder, er ist wieder dran, oh, denke ich, *digitaler Anschluß*, denke ich, und muß sagen, sie sollten sich keine Sorgen machen, bräuchten sich keine Sorgen machen, es wäre lächerlich, nur wenn sie mich weiter belästigen, würde ich mal kucken, wie der Holtkämper... – Okay, sagt er, mehr kann ich nicht für dich tun. *[Lacht.]* - Nee ...! *Das stimmt*, habe ich noch gebrüllt und aufgeknallt, so ein Witz, und mich gefragt, wie er mich überhaupt finden konnte.

Schlagend – oder? –, wie dicht diese Welt gestrickt ist, da ist überhaupt kein Reinkommen.

Der Schiri war natürlich geschmiert damals, oder jedenfalls parteiisch, was weiß ich wieso, aber im Verein hatte ich nicht jede Menge Freunde, versteht sich, und soweit ich gehört habe, sind sie im Jahr danach aufgestiegen, mein Gott, ist das jetzt lange her. Ich stehe jedenfalls vom Bett auf und sehe mich unvorbereitet in einem großen Spiegel stehen. Ein Hotelzimmer in Frankfurt, lache ich irgendwie, klar: schlechter Film. Ich bin ja glücklicherweise kein Philosoph und muß eine Theorie aufstellen, die hinterher recht haben will und so fort, aber es gibt auch dazu was, habe ich gehört, daß das Kind ein Bild seiner selbst aus dem seiner Eltern konstruiert. Es wird diesem Bild zwar zunächst nicht gerecht, und es ist sogar so, daß es sich am Ende bloß deshalb entwickeln kann, weil es diesem Bild, dem es nicht gerecht wird, halt gerecht werden will. Motorisch zum Beispiel. Aber, was man nämlich vergißt, auch umgekehrt eben, da kenne ich mich mittlerweile ja aus, konstruierst du dein eigenes Bild erst – oder spätestens –, wenn du dein Kind ansiehst, und kuckst, wie es dich ansieht. Wenn du da nicht schon tot bist, versteht sich. Ich habe jedenfalls keine Zeit mehr zu dem Blödsinn, *ihrem* Blödsinn, und kann mich nicht ewig mit ihren Sorgen herumprügeln, den Parkplatzsorgen, überfüllten Autobahnen, Vermögenssteuertricksereien und Lackschäden, oder ob Juri das Etikett aus der Mütze hängt und sie im letzten Urlaub abends immer noch eine Jacke überziehen mußten oder ob es ohne dem ging. Ich weiß überhaupt nicht, was das ist: Urlaub! – Nein, ich mußte längst aufstehen und weggehen, ohne noch ein Wort zu sagen, das nur wieder alles von vorne anfangen lassen würde. Wirklich: Nimm mal den komischen Teil der Tragödie als todernste Sache! Auf die 40 gehe ich, sage ich mir noch mal, dieses verzerrt lachende Spiegelbild gegenüber, wegen der 33, dieser dusseligen 33, kannst du das glauben, und so vollkommen schlecht ist es ja jetzt gar nicht: Mit Juri und Babs habe ich diese Momente manchmal oder habe schon welche gehabt wenigstens, die im Film oder erzählt immer bloß schmierig werden, weil sie sich dafür nicht eignen, sondern auf sich selber beruhen, ganz allein, und die Zeit gefällt mir auch einigermaßen. Was an Mode und Musik so läuft momentan. Ist ja etwas an meine Zeit als Teenager angelehnt, lach nur, ich mag das, ohne jetzt dann so auf die Weise wieder Kind zu sein, ein altes Kind etwa, falls es so klingt. Wirklich, Juri ist diesen Sommer auf den Spielplatz gerannt und hat jede Menge zu entdecken und ist völlig geil auf alles, daß dir angst und bange wird. Das *wird* erst noch klasse. Und vor paar Wochen habe ich es sogar mal geschafft, mit der letzten Geliebten vor Barbara auf einer Mauer zu sitzen, im Hof bei ihr, wo sie hingezogen ist, ein Bier mit ihr zu trinken im ersten mit Optimismus warm zu nennenden Sonnenschein. Kein Grund zur Panik, sage ich mir noch mal und dem albernen Spiegelbild, wenn man Glück hat, sage ich, ist man ein lustiger Mann, mit 40, ein nicht allzu unlustiger Mann wenigstens, ab und zu mit so einem *Nein* auf den Lippen, weil es normal ist und weil die Welt es verdient – nicht? ... Man tut mit seiner Zeit etwas Vertretbares und versinkt nicht in Verachtung, wenn man Glück hat, und ist nicht bloß eins dieser Bilder, die sich auseinander heraus konstruieren und dann wie zwei Unglückliche jeweils mit dem ausgestreckten Finger dem andern die Schuld geben. Ich habe jedenfalls nicht vor, einen Schüler blutig zu schlagen, aus vielleicht einem Grund oder bloß so oder aus Haß, oder aus Scham vor mir selbst, wenn ich demnächst unterrichten muß – ein Institut für Lernschwache mit reichen Eltern habe ich die Tage nämlich mal angerufen, weil das Scheißgeld alle ist. Vielmehr will ich am Abend das Kind ins Bett bringen und dann mit Barbara auf dem Balkon sitzen und überlegen, wie ich sie verführt kriege. *[Lacht wieder laut.]* Und Theater natürlich, wenn es geht. Vielleicht auch was Direktes, also anders Direktes. Oder ich eigne mich nicht dafür, mal überlegen. – So sitze ich vor dem Spiegel im Hotelzimmer, und alles ist einmal ganz unverrätselt, und später habe ich mich wohl wieder hingelegt, denn als das Telefon wieder schellt, reißt es mich aus dem Schlaf, kennst du das? Barbara ist dran, ob Andreas mich erreicht hätte, es würden sich alle Sorgen machen und sie sich jetzt auch schon. Ich lache – beziehungsweise versuche zu lachen. Wie sie mich überhaupt gefunden hätte, das wisse sie gar nicht, sagt sie, Andreas habe ihr die Nummer gegeben. Ob es mir gut ginge. **GUT**? schreie ich in die Muschel, mir geht es **BLENDEND**, schreie ich, **NIE ZUVOR GING'S MIR SO GUT**, brülle ich, daß kurz darauf die Putzfrau erschreckt durch die Tür kuckt und fragt, ob alles in Ordnung ist. Ich schmeiße sie mit einer Geste raus, und Barbara wiegelt ab. Daß jetzt endlich alles zu Ende ist, berichte ich ihr, wie gut das sei und so weiter, und daß man halt einmal mit Auschwitz brechen müsse, endgültig, und nicht immer in diesem Fahrwasser schwimmen, in diesem Sumpf waten, in diesem Dickicht sich verheddern. Wieso Auschwitz, fragt sie komplett verdutzt, und ich erkläre ihr, daß meine Eltern mit ihren nichts geredet haben, daß es so gewesen sein muß, daß sie deshalb auch mir nichts zu sagen haben, außer sentimentalem und unzusammenhängendem Blödsinn, der ihnen passiert ist, und immer von Häusern reden, die weg waren, ohne daß ich im Ansatz irgendwie wüßte, worum es geht dabei, bis heute, und daß es mich auch nicht mehr interessiere, nicht interessieren könne, worum es ihnen geht oder gehen könne, da sie es selber nicht wüßten, wenn sie überhaupt irgendwas wüßten oder wissen wollten, von uns zum Beispiel, sage ich ihr, oder auch nur von mir, oder der Welt, in der sie leben, was wissen wollten, sage ich Babs, die haben doch keine Ahnung, sage ich, und wollen keine haben, und daß ich ihnen das auch nicht mehr vorwerfen will und keine Zeit mehr habe dafür. Ob es um die Arbeitslosigkeit ging, fragt sie, und ich sage genervt, ja. Das hättest du aber doch wissen müssen, sagt sie, das war doch klar, sagt sie. Die sind doch alle gleich, sagt sie, *die sind so*, sagt sie, das ist doch normal: Du bist immer so voller Haß. – Das war dann die längste Pause bis hierhin, die folgte. Ich habe dann, glaube ich, noch gesagt, gut. Das wird sich ja legen jetzt. Hoffentlich, hat sie gesagt und nachgeschoben, wäre gut. Daß Juri jetzt richtig läuft, konnte sie mir dann noch erzählen, auch um die Kurven, und warum ich nicht zurückgekommen wäre für die zwei Tage, das hätte sich doch noch gelohnt, meint sie, und geht dann dazu über, daß wir nun umziehen müßten, weil er mehr Platz braucht, wir einen Innenhof bräuchten, wo man sich aufhalten kann, er sich aufhalten kann, und einen Balkon, wo man nicht im Stoßverkehr sitzt: Den hältst du im nächsten Winter nicht mehr in der Wohnung, sagt sie, und immer auf den Spielplatz rennen können wir auch nicht, und im nächsten Sommer ist der abends immer im Bett, da will ich wenigstens auf einem Balkon sitzen. Ich sage: Ja. Sie hat etwas von Häusern gehört, in Berlin, daß es vom Senat wieder Bauprojekte gibt. Man kann sich beteiligen und selber mitbauen, dann könnten sogar wir uns das leisten, sagt sie, falls man das Glück habe, da reinzukommen. Ja, sage ich. – Noch Grüße von ihrer Schwester, die wieder Arbeit gefunden habe, und ihrer Mutter.

Beide sind zum Kaffee da. Ich lasse zurückgrüßen. Ruf aus New York an, sagt sie zum Schluß, und ich sage es zu. *[Icks sieht wieder aus dem Fenster, trinkt vom Whisky und nimmt mich offensichtlich nicht mehr wahr. Ich löse den Sicherheitsgurt, stehe umständlich auf und gehe durch den Gang zum hinteren Klo. Jetzt bemerke ich meine Trunkenheit. Als ich mich zum Platz zurückbegebe, hängt dort Icks vornüber im Gurt und schläft. Ich werde von der Stewardeß angefahren, daß ich mich zu setzen und anzuschnallen hätte. Schnell kassiert sie die Getränke bei mir ab. Der Anflug auf Newark beginnt. Der Himmel ist wie beinahe gewohnt klar, und nach einer Kehre kann ich über Icks hinweg kurz die Skyline Manhattans in der Ferne sehen. Beim Aufsetzen der Maschine auf der Rollbahn schreckt Icks hoch. Er ist sehr zerschlagen. In der Nervosität beim Aufstehen, dem Herausholen der Taschen aus den oberen Fächern, beim Aussteigen, dem Laufen in der Gangway und der Paßkontrolle sind wir schweigend nebeneinander. Bevor unser Gepäck auf dem Band kommt, gebe ich ihm meine Telefonnummer in Brooklyn. Viel sollte ich während der zwölf Tage dort nicht erreichbar sein, aber eine Nachricht, er habe angerufen, fand ich nicht vor.]*

SERIE PIPER

Stephan Krawczyk

Bald

Roman. 361 Seiten. SP 2859

Der junge Familienvater Roman Bald ist ein sympathischer Taugenichts und Arbeitsverweigerer. In seiner provinziellen Heimatstadt gilt er als verrückter Spinner. Als Mitglied der »Gesellschaft zur Bewahrung des Großen Kanons« kann er seiner etwas ungewöhnlichen Leidenschaft nachgehen, nämlich Wörter sinnstiftend zusammenzufügen. Überall im Land brüten die Teilnehmer über den regelmäßig verschickten Rätselbriefen und suchen bei ihren Treffen gemeinsam nach der Lösung. Was sie nicht wissen: Ihr harmloses Treiben beunruhigt die Obrigkeit, und aus dem Spiel wird bald bitterer Ernst... Mit einer ganz eigenen Poesie und einem liebevollen Blick für die Geschicke der kleinen Leute erzählt Stephan Krawczyk vom Abenteuer, widerspenstig zu sein.

Radek Knapp

Franio

Erzählungen. 160 Seiten. SP 3187

Bloß fünfzig Kilometer soll es von Warschau entfernt liegen, doch scheint das kleine Kaff Anin hundert Jahre hinter der Zeit zu sein – sogar die wenigen Züge, die hier halten, werden noch mit Dampf betrieben. Dort leben Franio, der Analphabet und wunderbare Erzähler von Lügengeschichten, der junge melancholische Konditor Julius, außerdem Weiberhelden und Weltverbesserer, die alle dem Leben in Anin einen unverwechselbaren Rhythmus geben. Humorvolle Geschichten voller verrückter Details, überraschender Wendungen und viele Wärme.

»Radek Knapp grundiert seine Erzählungen mit diesem flüsterleisen Humor, der seine Wirkung nicht aus der Fallhöhe bezieht, sondern aus dem Wissen um das Bodenlose.«
Frankfurter Rundschau

PIPER

Radek Knapp

Herrn Kukas Empfehlungen

Roman. 251 Seiten. Geb.

Der Zufall führt ihn nach Wien. Genauer gesagt die Empfehlung seines weltläufigen Nachbarn Herr Kuka. Und für eine Flasche Wodka hat er Waldemar gleich noch den Namen des preiswertesten polnischen Reiseunternehmens mitgeliefert: »Dream Travel«. Nun also sitzt Waldemar in dem einzigen Fahrzeug des Unternehmens und rollt Richtung Westen. Zwischen sich und dem großen Reiseziel nur die österreichische Grenze. Während alle übrigen Insassen hastig damit beschäftigt sind, Zigaretten in den Hohlräumen des Busses zu verstauen, widmet Waldemar sich reinen Gewissens dem einzigen weiblichen Wesen an Bord. Doch die abenteuerliche Grenzüberquerung, die nun folgt, und Waldemars nur mäßig erfolgreicher Charme geben ihm einen ersten Vorgeschmack darauf, was ihn, unbekümmert, polnisch und völlig mittellos, im Goldenen Westen so alles erwartet. Literaturpreisträger Radek Knapp erzählt einen erfrischend modernen Schelmenroman.